メディアワークス文庫

アオハル・ポイント

佐野徹夜

第一話

1

人間には、目に見えないポイントがある。

これは、そんなポイントが見えるようになってしまった俺の話だ。

そのポイントに、俺たちはいつも、左右されている。

ポイントは大事だ。

これは何も、大げさな話じゃないし、ややこしい話でもなければ、小難しい話でもない。とにかく、それは、そんな変な話なんかじゃない。ファンタジーとか、フィクションじみた設定とか、そんなんじゃない。多分。

そうじゃなくて、これはもっと普通の当たり前の、つまりは今の俺たちにとって、リアルで切実な話なのだ。

この自分の変な現象を、人にどう説明していいか。未《いま》だにわからない。

「俺、見えるんです」

と言うと、まるで霊的な存在が見える人みたいでなんだか言いづらい。「わかる？　憑《つ》いてるらしいんだよね、私。将門《まさかど》。ねぇほら、『平《たいらの》』とか話を広げられても困るし。

だからこのことを、俺はほとんど誰にも話したことはない。

話す相手といえば、せいぜい病院の先生くらいだ。それも、仕方なく。

「まだ、幻覚が見え続けてる、と」

「幻覚っていうか……本当に幻覚なのかなって。最近、不思議なんです」

「ちょっと青木《あおき》くんの話、整理しようか」

先生はペンを取り上げ、コピー用紙に走らせた。

「これが人間」

トイレのマークみたいな図柄、頭上に「50」と数字が書かれる。

「人の頭の上に、数字が見える。そうだよな？」

俺は頷《うなず》いた。

俺が金属バットで頭を殴られたのは、去年のことだ。

病院のベッドで目覚めたとき俺は、自分の頭が壊れたんだと思った。

世界がキラキラと輝いて見えていた。比喩ではなくて、マジで空中に変なキラキラが散って浮かんでて焦った。

一瞬、綺麗《きれい》だな、と素直に思った。それから遅れて、おいおいおいどうしよう、と思ったし困った。

日がな、ぼーっとそのキラキラに見とれてるうち、やがて一週間が過ぎ、徐々に俺の中のそのキラキラは収束していった。俺は少し残念な気持ちで、そんな風に光が縮んでいくところを見ていた。

キラキラが全く見えなくなり、ところが今度は、別の幻覚が見えるようになった。

何だろう、と最初思った。

人の頭上に、二桁の数字が浮かんでいた。

気持ち悪い。

それが、俺のその数字に対する第一印象だった。

「人によって、その数字は違うんだよな。じゃあ、改めて聞くけどさ。それ一体、何の数字なんだと君は思う？」

「だから……なんていうか。俺の考えだと、多分、人間の価値を表してるんだと思うんです。大体、平均が50くらいで」

「ちなみに、じゃあ、僕は何ポイントに見えるんだ？」

先生が少しふざけた口調で聞いてきた。妙に自信ある口調に、不愉快な気分になる。

67。

「46ですね」

俺は先生が嫌いだったので、嘘《うそ》をついた。

「やっぱりそれ、幻覚だよ」

ちなみにこの先生は、俺の母親と浮気をしている。

46は、俺の父親のポイントだった。


午前の授業を、俺は通院のために欠席すると担任に伝えていたし、それは了承されていた。

病院を出ると、空が眩《まぶ》しかった。白い日差し。雲は少なく、視界の限りただ空の色が広がっていて、このままどこか遠いところに行ってしまいたくなる。

だけど、そんな感傷的で現実逃避的な気分にいつまでも浸ってるわけにもいかないしで、俺はすぐ、目線を地上に戻した。

すると当然、あの数字が目に入ってくる。

うんざりしてしまう。

行き交う人々の頭上に、変な数字が浮かんでいる。

俺には、見える。

それをとりあえず便宜的に、俺は「ポイント」と呼んでいる。

道を歩いていても、電車に乗ってても、人の頭上に、ポイントが見える。もう慣れはしたけど、それでも病院の後はいつも、その現象の不条理さに鬱になった。

それがただの幻覚か……あるいは、何かオカルトじみた怪奇現象なのか、俺にはよくわからない。

とにかく、見えるのだ。誰かの頭上にいつも、二桁の数字が浮かんでいるのが。

別に、見たくもないんだけど。

そのポイントはどうやら、人の価値を表す数字らしい。ポイントが見え出してから、俺はすぐにその事実に気づいた。ダメな人のポイントは低く、イケてる人のポイントは高い。

学校に行く前、駅のトイレに寄って、鏡の前に立つ。そこには、冴《さ》えない顔の男子高校生、つまり俺が映っている。53。平凡なポイントだ。

鞄《かばん》からワックスを取り出し、髪につけていく。それから、メガネを外して、コンタクトをつける。面倒だけど、そのまま学校に行く気にはなれない。一通り身だしなみを整えると、俺のポイントは54になっていた。微々たる差だけれど、俺はそれを大事にしたい。

自分の心の中で、キャラを整えていく。アオキンじゃなくて、青木直人《なおと》。青木直人のキャラを思い出す。教室に溶け込もう。愛想笑いのチェック。嘘臭くないだろうか？　猫背を直し、表情筋を整え、静かに深く、呼吸をする。本当は何も楽しくないなんて、バレないようにしないと。鏡を見ながら、顔つきを変化させる。軽く頭を振り、不安を打ち消す。最後に、何かに対して祈る。目立たず、浮かず、平穏無事な学生生活を、今日も送ることが出来ますように。そして「頑張ろうな」と、鏡の中の自分に向かって言う。まるでトラヴィスや、ヴィンセント・ギャロみたいに。

遅れて学校に登校、扉を引いて教室に入る。その瞬間、いつも少し緊張する。既に四時間目は始まっていた。

教室の同級生たちの頭上、ポイントが浮かんでいる。
49、53、
62、52……。
いつもの見慣れた数字だった。

49が「青木、お前遅すぎ」次に53が「寝すぎだろ」小声で軽口を投げてくる。事情を説明しても微妙な感じになるだけな気がして「昨日ネットで動画見すぎたわ」と答える。「何の動画だよ」「xvideos だろ」サイト名は女子に対して隠語として機能していて、本当は何もかも違うけど「正解」と俺は言い、軽くウケたから、そこで会話を終わらせる。

たまにそんな雑談をしながら俺は、消えたい、と思ってしまう。今ここからいなくなりたい。透明人間になれたらいい。

学校は、今日もダルい。

それでも、何かいじられているうちはまだマシだ、とも思う。本当にヤバいのは、多分こういうとき、誰からも何も言われないことだから。

鞄からノートを取り出す。

教室の空中に浮かんでいる、クラスメイトたちのポイントを、改めて眺めた。

今日は誰にしよう。

クラスで一番高いポイントに、目を止める。

78。そんな一際目を引く数字が、彼の頭上に浮かんでいる。そのポイントは、明らかに突出して高い。

黒く短い髪、筋肉質で引き締まった顔つき。彼の容姿には、どこか美しいカラスのようなところがあった。人の目を惹《ひ》きつけるオーラが、彼にはある。そういえば、いつもクラスの輪の中心にいる気がする。

曽山文隆《そやまふみたか》。

ノートの右ページ一番上に、俺はその大して知らないクラスメイトの名前を記入した。

78。

平均は50だから、彼には、加点要素と減点要素を合わせて、プラス28の要素があるということになる。

彼のポイントを、集中して、じっと見つめる。

やがて、そのポイントの内訳が、見え始めた。

テニス部（+4）、背が高い（+2）、細マッチョ（+2）、イケメン（+6）、オシャレ（+3）、コミュ力（+7）、学力優秀（+4）……。次々浮かんでは消えてくそれを、俺はノートに書きつけていく。

ポイントが見える、それだけでなく、じっと集中して相手を見ていると、その理由、ポイントの内訳までが見えてくる。

こっちの方の……謎の力を行使するのは、地味に疲れる。

何の役にも立たない超能力じみたこの力、ただポイントを見ているだけではそんなに疲れないのだけど、そのポイントの内訳を知ろうとすると、途端に疲労困憊《ひろうこんぱい》してしまう。

一つ目の能力。人の総合的なポイントが見える。こっちは疲れない。

二つ目の能力。人のポイントの内訳を知ることが出来る。こっちは、集中力が必要だ。

二つ目の力を使うのは、一日に一人か二人くらいが限界だった。

曽山のポイントの内訳を知った俺は、もう、それだけで青息吐息、授業の内容も全く頭に入ってこない。

そんなに疲れるなら、しなければいい。それは全くごもっともなのだけど。

この大して役に立たない俺の謎の力。それを俺は、一応、有効活用しようとしている。

人のポイントを参考に、自分のポイントを上げようと努力する。例えば俺が、高校生になってから外見に気を使い出したのも、容姿に気を使っている人間のポイントが高い傾向にあると気づいたからだ。そうやって仮説を立て、行動に移す。その繰り返して、俺は地味に自分のポイントを上げてきた。

さて。改めて、曽山の頭上に浮かぶ、78、という数字を眺める。そして、その内訳。

高スペック男子、と言い換えてもいい。高すぎて、完璧すぎて、俺はどこを真似《まね》したらいいのか、わからなくなる。ここまで高いポイントを有している人間は、非常に稀《まれ》だ。

幸福な人生を送るためには、ポイントを積み上げることが重要だ(俺調べ)。

人としての価値が高ければ、面接でも会社でもどこでも輝ける。成功者のポイントは皆総じて高い。

ともかく、曽山くんの未来は明るい。

ああ、うらやましい。

それは本当に、素直に俺は、そう思う。

うらやましいし、すごいと思うし、生まれ変われるなら俺もそうなりたい。

ポイントが高い人間は、生きてて楽しそうだし、幸せそうだ。

ひるがえって、俺……俺はどうなんだろう?

54ポイントの俺。成績そこそこ、頭は悪くないつもりだけど、コミュ力もあんまりないし、背も平均より少し低い。総合的には普通よりちょっと上だけど、いつ転落してもおかしくない。

転落って、でも、どこに？

誰だってわかってる。わざわざ口にしたり、しないだけで。

だから、俺はこれでも、必死なのだ。自分の、小市民的な人生を守るのに。

十五歳。この歳《とし》になるとだんだん、自分が大した人間じゃないこと、そしてこれからも、大した人間になれるわけがないのだということが、わかってくる。

俺はきっと、立派な人間になることはない。

多分、クラスの連中の大多数と同じように。

きっと冴えない会社の埃《ほこり》っぽい仕事場で、エクセルでつまらない資料を作り、人に頭を下げ、行きたくもない飲み会でへこへこして、いつか中年になる頃には人工知能とかに仕事を取って代わられているのかもしれない。そんな気がする、なんとなく。

好ましくはない未来。だけども、仕方ない。

俺のポイントは凡庸で、それと同じくらい俺の未来は普通なんだと思う。

可もなく不可もなくの、大して面白みもない人生。

まあ、それでもいいと俺は思ってる。

本当に。

変な高望みをしなければ、それでも、そこそこほどほどに、楽しい人生を送ることは出来るだろう。

人生、割り切りが大事だ。

2

さて、そんな冴えないだけが特徴のただの一介の高校生である俺にも、ささやかな楽しみというのがあった。

昼休みだ。

他に楽しい時間なんて、ない。

四時間目終了のチャイムが鳴り、俺は視聴覚室に向かった。

窓際に座って、じっと待つ。学食で、自分のパンは既に買ってあった。

時計を見る。彼女は、来たり、来なかったりする。

やがて、中にとあるクラスメイトの女子が入ってきた。

成瀬《なるせ》心愛《ここあ》だ。

彼女がドアを開けた瞬間、俺の灰色の世界が、カラフルに色づいた気がした。

「おつかれ」

と、成瀬はいつも、俺に言う。そんなに疲れてるように見えるんだろうか？　見えるのかもしれない。

成瀬のポイントは、74もある。

一度彼女のポイントの内訳も、見たことがある。詳しくは覚えてないけど、それもノートに書いてあったはずだ。その大部分は、彼女が、とてつもなくかわいい、ただそれだけの要素に、ほぼ起因している。

つまり成瀬は、とにかくかわいい。

多分、学年で一番だ。

成瀬の容姿は「努力する天才」。

整った顔立ち、透明感のある白い肌、すっと通った鼻筋、大きく潤んだ瞳、細い首、すべてが生まれつき完璧。

その上で、薄く明るいミディアムな長さの髪は、隙なく切《き》り揃《そろ》えられていて、いつも洗練されている。無駄のない体つき。細い眉。唇は、ほのかにピンク。振る舞いの一つ一つが、抜け目なく見える。そして、そばにいるといつも、いい匂いがする。

「青木ってさ」

成瀬は、視聴覚室のテーブルに自分の弁当を広げて、食べる準備をし始めた。

「いつも授業中、なんかノートに書いているよね？　多分、授業に関係ないこと。何あれ？」

成瀬に聞かれて、俺は焦った。

クラスメイトのポイントを書いている、俺のノート。

あんなノートの存在を知られたら、きっと、ドン引きされてしまう。

誰だって、あのノートはさすがに、気持ち悪いと思うだろう。それくらい、俺もわかる。

「別になんでもないよ。……いや、本当に」

俺がそう言うと、成瀬は何か言いたげな顔をしながら、結局黙った。

微妙に気まずい空気になって、後悔する。それを流すためにか、成瀬は話題を変えてくれた。

「あ、こないだ貸してくれた、いくえみ稜《りょう》。読み終わったよ」

「どうだった？」

「超良かった！　切ない〜。泣いた」

「成瀬、いつもそればっかりだよな」

「そんなことないし。青木ってほんとたまに、意地悪言うよね」

唇を尖《とが》らせて、ちょっと抗議するような表情。「成瀬、かわいい」という自分の心の声が、表情に溶けて外に漏れないよう、俺はなるべくつまらなそうな顔をした。

たまに俺と成瀬は、こうやって昼休み、この視聴覚室で、少女漫画の話をする。

それは俺にとって、ささやかな秘密の時間だった。

＊＊

もともと成瀬と俺には、何の接点もなかった。それも当然で、成瀬はクラスでも中心人物、キラキラ輝く学生生活のヒロイン。一方で俺はといえば、別に何でもない、平凡な54ポイントのキャラだ。

成瀬みたいな奴《やつ》は、例えば曽山のようにポイントの高い人間と会話する。実際、成瀬が普段会話する男子は、曽山のグループが多いように見えていた。

そんな俺と成瀬の間に接点が出来たのは、さかのぼること二ヶ月前、四月のある日、放課後のことだった。

ところで俺は、少女漫画をよく読む。きっかけは大したことではなく、姉の本棚にあったのをなんとなく読んでるうち、ハマっていった。一時期ずっと家にいた時期があって、あまりに暇で俺は古今東西の少女漫画を次々読破。そのうち、自分の小遣いでも買うようになっていった。

でも俺は、自分が少女漫画オタクだということを、周囲に隠していた。男で少女漫画オタクだなんて知られたら最後、ポイントは急落してしまう気がしたからだ。

だけどある日の昼休み、こっそり持ってきていた少女漫画を、成瀬に見られてしまった。

「青木くんって、少女漫画好きなの？」

意外そうに成瀬は言った。しまった、まずい、どうしよう、と俺は思った。「私も」同時に、今までまるで接点のなかった成瀬が、急に自分に話しかけてきたことに、俺は少し驚いてもいた。

「好きなんだよね、少女漫画」

と成瀬が言って、俺はハッとして彼女の顔を見た。そのときほとんど初めて成瀬の顔を至近距離で見て、やっぱり「かわいい」と思った。俺はそれを隠すように、「恥ずかしいから。秘密にしてくれない？」と頼んだ。

「別にそんな恥ずかしがるような趣味じゃないと思うけど」

それから成瀬は、何故《なぜ》か妙に真面目な顔で、俺に言った。

「ね。青木のオススメの少女漫画、貸してよ」

少し戸惑いつつも俺は次の日、家にあった少女漫画を紙袋に入れて、学校に持って行った。

「成瀬。あのさ」

昼休みを待って、俺は彼女に話しかけた。「なに？」成瀬が振り向いたとき、ふっと、このまま教室で会話を続けるのは、なんだか少しつらい気がした。

「視聴覚室、行かない？」

「いいけど」

視聴覚室に、他の生徒はいなかった。普段遣いの校舎から、少し離れた場所にあるせいだろう。わざわざ、そういう場所を選んだのだ。

「わ、こんなにたくさん。ありがとう」

俺が持ってきたオススメの少女漫画三十冊を見て、成瀬はちょっと驚いたように言った。でも俺にはそれが、「持ってきすぎ」と少し引いてるように聞こえて、気持ちが萎《しぼ》んだ。

「ごめん。こんなに持ってきて」

「なにそれ。全然そんなことないよ。気にしすぎ」

それから俺と成瀬は、視聴覚教室でたまに会って、ぽつぽつと少女漫画の話なんかをするようになった。

きっと成瀬は単に、少女漫画トークをする相手に飢えていたんだと思う。

そうじゃないと、俺みたいなポイントの低い、価値のない人間と、彼女が口を利く理由に、説明がつかないからだ。

＊＊

とにかく。成瀬は、かわいい。だからなのか、俺はたまに、何もかも全部、心を開いて話してみたくなる。ポイントのこととか。わかってもらえるんじゃないか、ワンチャンスがあるんじゃないか、気の迷いで、思ってしまう。

ポイントのことだけじゃない。このポイントについて、こんなにも下らなく囚《とら》われている自分の内面とかを、成瀬は受け止めてくれないだろうか？　と都合のいい期待をする。……まぁ、一瞬だけ。

で、即、諦める。

本当は何もかも、成瀬に言ってしまいたい。「君のことが好きだ」とか。「本当に俺、好きだよ」って。

でも、言えない。

言えるわけ、ない。

成瀬と俺は、とてもじゃないけど、釣り合わない。俺に言わせれば、ポイントの差がありすぎるのだ。

それでも、この奇跡みたいな時間を、俺は大切にしていた。

だから、それだけでいい。

それ以上のことは、何も望まない、そう、俺は決めていた。

これは、ポイントほどほどの俺が、努力で成長していく物語、なんかじゃない。

俺が、そこそこの労力で、要領よく生きようとする、ほどほどの幸せを目指す、取るに足らない、くだらない物語なんだと思う。

俺は「人生ほどほどが一番いい」ことを知ってる。

だから、大それた希望なんか抱かない。

例えば、成瀬と付き合いたいとか、そういうことは思わない。

3

そんな……俺のほどほどそこそこに過ぎてくはずの高校生活が変わり始めてしまったのは、六月の放課後のことだった。

帰り道、だった。

ふと俺は、不安になった。何かを忘れているような気がした。でも、何を忘れてるのかわからない。

根拠のない、でもなんだか妙に存在感のある不安を抱えたまま、俺は一人で学校から家までの道を歩き。やがてどうしても気になって。

立ち止まる。

人けのないバス停のベンチに座り、鞄のジッパーを開けた。

そしたらやっぱり、なかった。

例のノートが、なかった。

クラスメイトのポイントを書いているあのノートが、ない。

血の気が引いた。

マズい。

多分、教室に忘れたんだと思う。それにもしかしたら。机の上に出しっ放しだったかもしれない。

嫌な予感がして、俺は一旦、教室に引き返すことにした。

もし誰かに見られたら、ヤバい。

ヤバすぎる。

ヤバいだろう、どう考えても。あんなノートを見られたら最後、身の破滅だ。

クラスメイトの点数を細かく記入している。そんな奴はどう考えても、ヤバい奴だろう。だって、「背が低い（-2）」とか「頭が悪い（-1）」だとか、もっと酷《ひど》いことさえ書いているのだ。そんな記述を、クラスの誰かに見られるわけにはいかない。そんなもの見られたら、人生終了《さよなら》だ。

教室の中に入る。

その日、ほとんど誰も残ってはいなかった。

ただ一人。

ぽつんと教室にいたのは、クラスメイトの春日《かすが》唯《ゆい》だった。

見た瞬間、あ、バカの春日だ、と俺は思った。

バカの春日。

ポイントは、42。

話したことはほとんどないけど、彼女の存在だけは、何故かよく覚えていた。

多分それは、彼女のポイントが、他人と比べて著しく低いからだ。

一言で言えば、教室の異物予備軍。

春日は、バカだ。

ダサくて、微妙に空気も読めない。

学校にはよく遅刻してくるし、授業中当てられても、頓珍漢なことしか言わない。

不良じゃないけど、彼女の振る舞いは問題児のそれだった。

自分で切ってるのか前髪はパッツンで、それが全く似合っていない。メガネで空気が読めなくて、芋かった。

友達は、なんとなくいなさそう。

普段は無気力かつ無口なのに、喋《しゃべ》り出《だ》すと急に早口で、止まらなくなる。人とのコミュニケーションの取り方が、おかしい。

取り柄はとくに見当たらない。

そのくせ、妙に正義感が強いところが、周囲から疎まれている原因だった。

春日が決定的にポイントを落とした日のことを、俺も、それに多分クラスの連中も、皆覚えている。

クラス委員、男子は曽山が立候補してすんなり決まったけど、女子はなかなか、決まらなかった。それで、クラスで一番気の弱い女子を、誰かが推薦した。押し付けようとしたわけだ。そのとき「おかしいと思う」と言って、急にすくっと立ち上がったのが、春日だった。立候補によって、女子のクラス委員は春日になった。ほぼ全員が、白けた目で彼女を見ていた。それ以来春日のポイントは、決定的に低くなった。

つまり彼女には、計算高さが全くない。

ある意味、春日は俺と真逆の人間だ。

俺は彼女のことを、内心では少し見下していた。

なるべくなら、関わりたくない。

ところがその春日が、俺のノートの中身を勝手に見ていた。

それで俺は、滅茶苦茶《めちゃくちゃ》、動揺した。

「それ、俺のノートだよな」

俺は春日に近づきながら、かすかな怒気を込めて言う。

そのとき初めて春日は、俺の方を振り返った。

「うん。これやっぱり、青木くんのノートなんだよね」

おいおいおい。何やってるんだよお前。

「いや、なんで勝手に俺のノートの中身、見てるんだよ……？」

俺は彼女からノートをひったくろうとした。ところが、春日はその俺の手を、器用にひょいっと避けた。

「だって青木くん、いつもなんか授業と関係なさそうなこと真剣な顔でノートに書いてるから。一体何書いてるんだろうって。ずっと気になってて」

「だからってお前」

「だから見ちゃった」

いや、勝手に人のノートを見るなよ。

「青木くん、お願い」

春日の、その妙に真剣な顔に、思わず少し、たじろいでしまう。

「私のポイントも、教えてよ」

そう言われて、ぞっとした。

こいつ、全部知ってるんだ、と思った。

「ね、私って何ポイント？」

42。

ポイントは、彼女の頭上に表示され続けている。

「知らないよ。ってかノート返せ」

「青木くん、このノート、誰かに見られてもいいの？」

春日が何を言っているのか、一瞬その意図がわからず、俺はフリーズした。

誰かに、見られて……？

「このノートに書いてあったこと、クラスのみんなに話してもいい？　青木くんが、クラスのみんなに、勝手にポイントつけてるって」

「脅しかよ」

そんなの、良くない。良くはないだろう。良くないに、決まっている。困る。ダメだ。俺の、高校生活が、終わる。終了《さよなら》、してしまう。

もし、こんな中二病っぽいノートの存在をバラされたら。そんなことになれば、身の破滅だ。

ちっぽけな54ポイントだけど、それでも必死で積み上げてきた俺のポイントなのだ。失うわけにはいかない。

「これ読んでたら、私、自分のポイントがいくつなのか、気になっちゃって」

と言う春日の表情は、どうしてか不安そうで、俺は彼女の考えていることが、いよいよもってわからなくなった。

「だから、青木くんの思う私のポイント、教えてよ」

俺は一つ舌打ちして、春日に向かって「わかったよ」と頷いた。

こんな押し問答を繰り広げているうち、教室に誰かやって来るかもしれない。会話を聞かれ、その誰かにまでノートの存在を知られるのが怖かった。

「おい、じゃあ、やってやるよ」

俺は春日のことを、ほとんど睨《にら》むように、まっすぐ見た。

集中する。

彼女のポイントの内訳を、じっと見る。

「空気が読めない（-4）、ダサい（-1）、勉強ができない（-1）、友達がいない（-2）」

どっと疲れが押し寄せてきて、目眩《めまい》がしそうになる。それをなんとかこらえながら、俺は努めて冷たい口調で、春日に告げた。

「42」

俺が言うと、春日は気落ちしたような顔でこっちを見た。

「春日は、42ポイント」

「低いね」

困惑したように、春日は言った。

「でも、ありがとう」

春日は、どこかスッキリしたような顔で、そう言った。

「あの……ごめん」

さすがに、苛立《いらだ》ちにまかせて酷いことを言ってしまった気がして、俺は謝った。

「言いすぎたかも」

「謝ることないよ」

春日は、一つ、ため息をついた。

「多分、ある意味事実なんだからさ」

でも春日は、さすがに傷ついているように見えた。

「……どうして春日は、自分のポイントを知りたいって思った？」

俺が聞くと、春日は、一瞬黙った。

「私って人からどう思われてるのかな、ってちょっと気になったの」

「急に、なんで？」

春日が、人の目を気にして生きているようには見えなかった。だから俺は、ただ率直に、不思議だったのだ。

「青木くんって、好きな人いる？」

唐突にそう言われて、俺は戸惑った。

「いるけど」

そう答えた自分に、ビックリしてしまう。

俺だって、今まで人生で一度も「好きな人いる？」を聞かれたことがない訳じゃない。ただ俺はそういうときいつも、黙っていた気がする。

なのに、俺は春日に、普通に正直に答えていた。不思議だった。春日の変な「剝《む》き出《だ》し感《かん》」に、そのとき俺は当てられていたのかもしれない。

「私も、いてさ」

正直ちょっと意外だった。春日は、色恋沙汰みたいなことに無頓着な人間のように見えていたからだ。

「あの……こく……しようと思って」たどたどしい声、全然、何言ってるかわからない。

「何？　聞こえない」

聞き返すと、春日はキレ気味に声のトーンを一段上げた。

「告白。したいって、思ってて。したくて」

その声も目も、手も、少し震えていた。

「は？　何、それって、つまり」

なんとなくものすごく、死ぬほど嫌な予感がして俺は「もしかして……俺のことが好き？」と言った。

「勘違いしないでよ」

春日が怒ったように言う一方、俺はこの会話の行先《いきさき》が面倒臭いことにならなくてよかったと、内心ちょっとホッとしていた。

「じゃなくて。曽山くん」

「曽山⁉」

俺は二重にビックリした。まず、大して仲よくもない俺に対し恋愛の話をしてくる、春日の無防備さに驚き。ついで、その相手が、あまりに春日と釣り合ってないことに驚いた。

「一緒にクラス委員してるとき、曽山くん、すごく優しくて。あと、カッコいいから」

「曽山と春日じゃ……その……なんていうか」

なんて言っていいのかわからなくて、口から出た先から、俺の台詞《せりふ》は迷子になった。

「はっきり言ってよ」

「全然、釣り合ってないな、って」

「うるさい。黙って」

「お前がはっきり言えって……」

「じゃあ、続けて。続行。喋って」

「二人のポイント差。悲劇的。絶滅的。終局的」

「やっぱうるさい」

春日は、恥ずかしそうにそう言った。それを見て、本気なんだ春日は、と気づいた。

どうしよう。

考えて二秒で結論が出た。

ほっとこう。

こんな奴《バカ》が痛い目を見ようがどうしようが、俺の知ったことじゃない。

関係ない。

関係ないことに関わらなくても、こだわらなくてもいい。

どうでもいい。

「ま、せいぜい頑張って。……じゃあ俺、帰るわ」

帰ろうとして、ふと思う。

こんなにもポイントの釣り合わない恋愛が果たして本当に成立するんだろうか？

いやいや、無理だろ。

すると、どうなる？

今までのパターンを、思い出してみる。自分の観測範囲内での、過去の記憶を脳内で参照する。

今の春日と曽山では、ポイントが釣り合わない。告白しても、失敗するだろう。

妥当感がない。

妥当じゃないことをするのは、痛い。

痛いことをすると……ポイントは更に、大幅に下がる。

ネタにされてバカにされ、コケにされて虐げられる。

そんな人間の存在を、俺は過去に、知っている。そいつが、最終的にどうなったのかも、全部知っている。

ロクなことにならないよな。

これ以上、春日がポイントを下げると……きっと…………。

あまり、見たくなかった。

何故だろう？

春日のことなんて、どうでもいいのに。

バカバカしい。下らない。関係ない。ほっとけよ。俺にメリットがない。冷静に、損得で考えるべきだ。人間関係に賃借対照表《バランスシート》があるとしたら、春日と関わることはマイナスにしかならない。得るもの、ない。デメリットしかない。損するだけ。無意味。非合理。非生産的。無駄無駄。

バカバカしいのに、どうしてか、ほっとけない気がした。というか、してきた。徐々に。一秒が過ぎ、二秒が過ぎ、三秒、四秒、そのほっとけない気持ちがどんどんウィルスみたいに増殖していく。そして原因不明の熱にうなされてるみたいに、自分でも訳がわからないまま、振り向いて春日を見る。

ちっぽけな春日。

背伸びして一足飛びに、自分には出来ないことをやろうとするのは、馬鹿げている。そんなのは、勇気じゃなくて、無謀な、自殺行為だ。

そうしてこのまま告白が失敗すれば、最悪の場合……まぁ、例えば、いじめとか。

そういうのは、俺は全然見たくないのだ。

でも春日は、そういうボーダーラインにいる。

「春日、曽山に告白とかさ、そんなのさ、無理じゃん。だって。春日、身の程知った方がいいよ」

俺は、ちょっと声を震わせながら、彼女に言ってみた。これで春日は諦めないだろうか？　と少し期待しながら。

そして、まるで俺は、自分に言い聞かせているみたいだ。

なぁ、春日。

身の程知って生きてった方が、全然いいよ。

何より、傷つかないで、凹《へこ》まないで済むよ。

楽だし。

無理、しない方がいい。

本当に俺は、いつもそう思って生きてる。

「ダメだよ。曽山に告白？　絶対失敗する。告白なんてさ、やめとけよ」

「青木くんにはわからないよ」

「わかるよ。だって俺も」成瀬が好きだから。

「じゃあ、この好きな気持ちは殺して、私、一生諦めて生きていけばいいの？」

そうだよ。「お前の言う通りだよ」「よくわかってんじゃん！」「大正解‼」そんな言葉がすぐ、夏の夜に打ち上がる花火みたいに次々盛大に、頭に浮かんでは消えた。

「違うよ」

なのに俺は、春日に向き直って、全然別のセリフを言っていた。

一体俺は、何を言ってるんだろう。

バカげてる、と思う。本当に。

でも。

俺みたいに諦めていく人生が一番利口なんだって、人に胸を張って言えない、と思った。

そう思うと勢いで、全然、思ってても信じてもない言葉が、口をついて出た。

「諦めたりしなくて、いい。諦めなくていい。ポイントを、上げる努力をすればいい」

告白していい。告白出来る。もっと、ポイントを上げれば。

「ポイントを上げたら」

釣り合う人間になって、好きだって言えたらいい。

何もしないまま「どうせ」なんて言って、諦めが全身に転移して何もかも手遅れになる前に、言えたらいい。

「好きって言える」

そしたらきっと……何かが、変わる気がする。

「俺も成瀬心愛に告白するから。そのとき、俺たち一緒に、告白しよう」

「な、成瀬さんなの？　青木が好きなのって」

「悪いか」

「……全然釣り合ってないね」と言って春日は、何故か少し嬉《うれ》しそうに笑った。

「いや、お前が言うか？　それ」

「他人事《ひとごと》だとさ。なんか、冷静になれるよね」

こうして俺と春日は、放課後の視聴覚教室で、一緒に自分たちのポイントを上げていく約束をした。

きっと前途多難だけど、それでもやってみようと思った。

そしてこの出会いが、俺と彼女の高校生活の、分岐点《ポイント》になったのだ。

第二話

1

俺と春日が、どこで会話するかというのは、わりに重要な問題だった。

「別に私、どこでもいいんだけど」

春日はよくても、俺は「どこでも」は困る。

春日のようなポイント低め女子と会話しているところを、もしクラスの誰かに見られたら。想像しただけで、悪《お》寒《かん》がする。

翌日には黒板に、見事な相合傘が、抜け目なく描かれることだろう。

嗚呼《ああ》、嫌だ嫌だ嫌だ！　マジで嫌すぎる。それだけは、勘弁してほしい。

そんなことになった暁には、俺のポイントは簡単に下落、ナイアガラの滝のごとく急降下し、悲惨なことになるだろう。学生生活の死である。「死に至る病とはつまり、絶望のことである」キルケゴールは言った。しかし学生生活の死とは、俺に言わせればポイントの下落である。ポイントが低下したら最後、まともに学生生活を送ることは不可能だと言って過言ではない。つらい未来の光景が浮かぶばかりだ。

交友関係でポイントは変動する。

春日と長時間、真剣な様子で会話してるシーンなんかを、学校の誰かに見られたりしたくない。それだけは、絶対的に避けるべきマスト事項だった。

じゃあだったら春日と、一体どこで会話すればいいのか。

一介の高校生である俺が取ることの出来る選択肢は、そんなに多くないのだった。


そんなわけで……仕方なく。

他に場所もないので。

春日を、俺は自分の部屋に連れてきた。

「お邪魔します」

彼女はちょこんとコタツ机の前、フローリングの上に腰を下ろした。

「なんか、片付いてるね」

春日はそう言って、俺の部屋を見渡した。元々、余計な物を置いてない、物が少ないから、どうしたって散らかりようがない。ベッドとコタツ机と座布団がわりのクッション、それ以外ほとんど何もない。同年代の奴らに比べれば、片付いているのかも。

「だから青木くんって人間関係も片付いてるのかな」

ボソッと春日が言った。微妙に聞き捨てならない。

「それ、友達がいないって言いたい？」

「いるの……？」

「いないけどそれ、部屋の様子と結び付けられるんだったら、もう俺これから安心して部屋片付けられない」

「わかった。ごめん、失言だった」

春日はすんなり謝って、それで俺はとりあえず流した。

「じゃあ、早速だけど」

俺は改まった雰囲気を意図的に作って、春日に言った。俺はいつものノートを広げ、「ポイントについて」議題をシャーペンで記入した。

「まず、現状の確認」

俺は改めて、春日のポイント、その内訳について彼女に説明した。

そもそも、人のポイントにも、色々ある（俺調べ）。

中でも大別すると、固定ポイントと、変動ポイントがある。

固定ポイントは、これから先、よほどのことがない限り変動しないポイントのことだ。つまり、努力では改善が難しい。例えば、身長なんかが、これにあたる。高校生、これから身長が伸びる可能性がゼロとは言えないけど。まぁ基本的には伸びしろがない。

例えば、春日のポイントの、固定的な要素とは何だろう。

春日の容姿について考えてみる。

春日の身長は、平均より少し低めだ。とはいえ、女子の場合、それはあまりマイナス要素にはならない。

顔。女子の容姿を、本人の前で云々《うんぬん》するのはちょっと良心が痛む。

「春日、自分の顔って何ポイントくらいだと思う？」

「百点満点……？」

「お前メンタル強いな」ちょっとうらやましくなった。俺もそれくらい思いたいけど無理だ。

彼女の言い分は無視し、とりあえず普通くらいということにしておく。

そう、別に春日は、特別持って生まれた容姿がまずいとか、そういうタイプではない。固定ポイントはむしろマシな方かもしれない。それは、俺が春日に「ポイントを上げる努力をしよう」と言った理由でもあった。まだなんとかなりそう、だったからだ。

というかもしかしたら、春日の顔の造形《ぞうけい》自体は、普通より大分、いい方かもしれない。

その一方で、彼女から受ける外見的な印象は、決していいものとは言えない。

問題はむしろ、彼女の変動ポイント部分、服装センスとかにあった。

「春日、その、なんていうかさ」

うちの高校は私服だ。それが彼女にとっては悲劇だったかもしれない。

俺だってそんなにだし、別にだし全然だ。ただ彼女は、もっと壊滅的だった。

無頓着、という言葉が適当なのかもしれない。

いつも大抵灰色のパーカーに、何故か灰色のズボンを合わせている。それに斜めがけの鞄を、ストラップ限界まで伸ばし肩がけで通学している。化粧っ気はない。ある意味中性的といえなくもないが、「まるでドブネズミ」「一人リンダリンダ」口さがない連中が、噂《うわさ》していたりする。

そしてトレードマークのようになっている瓶底眼鏡。顔全体を大きく覆い、容姿のバランスを極端に崩している。これは、なんだ？　何かのギャグか？

ファッション、絶望的。ただ、ここは改善の余地がありそうだ。わりとすぐに。

「ちょっと春日、眼鏡外してみて」

「へ？　なんで？」

「いいから」

じれったくなり、すっと手を伸ばして彼女から眼鏡を奪う。

「何？」

目と目が合う。全然マシじゃん、と思う。見ると、彼女の頭上のポイントが43、一つ上昇している。簡単じゃん、と思う。春日の場合、元のポイントが壊滅的すぎる分、上げるのはラクそうだ。

「春日、コンタクトにして」

「えー、嫌だ」

春日がそのギャグみたいな眼鏡をかけ直すと、すぐにポイントは元の42に戻った。

「嫌とかじゃなくて、やって」

次に、彼女の学力。これもまた、なかなかに絶望的。

「春日、こなだの中間、どうだった？」

俺が先日のテストの点数を聞くと、彼女は何故か言おうとしない。無駄にモジモジしてて、鬱陶しかった。

「ろ、ろくじゅってんくらいかな？」

「くらいってなんだよ。点数に『くらい』とかないだろ」

「お、覚えてないんだもん」

でも俺は、春日が勉強出来ないということを知っている。それは多分、俺だけじゃなくて。俺のクラスの連中、大抵みんな知っている。教師に問題を当てられて、春日がマトモに答えているところを見たことがない。この間なんか、社会科の教師に国民の三大義務について聞かれ、何を勘違いしたのか「食欲と睡眠欲と性欲です」と無駄に自信ありげに答えて、大恥をかいていた。

「いや、言えよ。俺にとぼけてもしょうがない」

すると渋々、春日は自分の点数を白状した。

そのどれもが赤点スレスレで、ここまで点数が悪いと思っていなかった俺は、憂鬱な気分になった。

「そんなこと言って、青木くんだって別に勉強がすごく出来るってわけじゃないでしょ」

春日は、ちょっとスイッチが入ると、やけにはっきりとものを言う。今、部屋で二人きりになったせいか、その彼女のスイッチは常時ＯＮ。別にいいけど、ちょっとウザい。

「じゃ、俺も勉強するから。でも元々春日よりは、マシ」

話の流れで、面倒臭いことが増えてしまった。

「それから、コミュニケーション能力」

これも俺だって高い方じゃないから……あまり、偉そうなことは言えない。口を滑らせればすぐ、ブーメランが返ってきて俺の胸を刺し貫くだろう。

「私ってある方だよね」

「春日は全然ないよ」

春日はクラスに友達がいない。上辺だけの話し相手とか、そういうのもいない。孤立しまくっている。その原因はわかってる。

春日は空気が読めない。

それが故に空回りを繰り返し、周囲からはドン引きされていた。俺だって正直、こんなことになってさえいなければ、春日と口を利くことなんてなかっただろう。

「春日、友達いないじゃん」

「でも青木くんだっていないでしょ」

やっぱり痛いところを突かれて、俺は胸がチクッとした。

「だけどさ。俺は表面的に会話する奴はいるよ」

「でも微塵《みじん》も楽しそうじゃないっていうか。いつも目が笑ってない」

「まぁ、それは認める」

そう、確かに俺だって友達はいない。だから俺のポイントだってそんなに高くはない。あまり人に偉そうなこと、言える人間じゃない。

「でもさ、コミュ力って、どうやって上げればいいの？」

それは難しい問題だった。俺も知りたい。

「とりあえず、それは難しい問題だし俺も苦手だから、後々じっくり考えよう」

それから、春日の細かい減点ポイントを洗い出していった。彼女がダメなポイントは、いくらでも簡単に見つけられた。

「帰宅部なのは良くないかも」

俺も春日も、どこの部活にも所属していない。俗に言う、帰宅部というやつだ。ポイントのことを考えれば、あまりいいとは言えない。

部活に所属さえしていれば、自然と、誰かと口を利く機会も増え、友達も増えていく。何かのコミュニティに属して、友人の数を増やすことは、ポイントを上昇させる手っ取り早い方法だ。

「わかった。じゃあ私、部活に入る」

春日はやけに前向きかつすぐ、部活に入ることを検討し始めた。素直、なのかもしれない。

「どこに入るかが問題だよな」

「テニス部がいい」

「なんで？　昔テニスやってたの？」

「全然？」

「じゃあ、何故？」

「曽山くんが入ってるから」

「いや……どうなのそれ。やめとけば？」

ちょっと反対だった。今の春日のまま、曽山との距離を詰めすぎるのはリスクが大きい気がしたからだ。

「でもテニス部がいい」

そう言って聞かない春日のテンションはやけに前のめりで、俺も最後、結局は「まぁいいんじゃない」と消極的に賛成した。

というわけで、春日のポイントアップ作戦、その第一歩は、曽山のいるテニス部に入部する、ということになった。

いきなりテニス部に入るなんて、なんだか荒療治のような、無茶振りのような気もしたけど。それでもともかく、わかりやすい結論に落ち着いたのは、それはそれで結構なことかもしれなかった。

2

それからすぐ、テニス部に入部した春日であったが、結局三日でやめた。「三日坊主という言葉がこれほどまでにジャストフィットする振る舞いも逆に珍しいのではないか」と俺は思ったし本人にも言った。

「だから、ごめんって」

話を聞くと女子テニス部は、一年の段階では男子とあまり接点がない上、非常に体育会系のノリで、一年途中のこの中途半端な時期（六月）に入部した春日は軽くいじめみたいなものにあったらしい。

「無理無理無理無理無理エスカルゴ《かたつむり》だよ……」

死んだ目をしてそれでも三日、テニス部に通った春日を、俺は少しは褒めてやった方がいいのだろうか？　そんな気にはなれなかった。呆《あき》れ的な感情の方が強かったからだ。

春日の頭上のポイントは40。２ポイントも下がっていた。完全に、裏目だった。

そういえば成瀬もテニス部だった。なので、それとなくいつもの昼休み、視聴覚室で春日のことを聞いてみようと思った。のはいいのだけど、「それとない」話の振り方が何も浮かばなくて弱った。

「なんか最近変わったことあった？」

結局昼休み、そんな風にふわっと俺は成瀬に聞いた。とくになんてこともないような口調を、努めてまといながら。

「へ？　何が？」

成瀬はびっくりしたように言った。とぼけているようには、見えない。

「なんかあったっけ？」

成瀬は視聴覚室の天井をぼんやり見て、何かを思い出すような顔をした。

「あ、最近、お姉ちゃんに彼氏が出来た？」

「ってか成瀬、お姉さんいたんだ」

「初耳だっけ？　大学生」

ともかく成瀬にとって、春日のテニス部入部は、大したトピックスではないらしい。

それはわかった。

そこでやめておけばいいのに、普段なら絶対やめてたけど、でもそれじゃ全然春日の様子はわからないしで、俺は更にもう少し突っ込んで聞いた。

「部活とかは？　なんか誰か入部してきたとか」

全然さりげなくもそれとなくもない聞き方になってしまって後悔した。

「あ。たしかに。そう、春日さん。青木、どうして知ってるの？」

さすがにどう考えても、知っているような聞き方になってしまった気がする。

「馴染《なじ》めない感じだったけど……」

ちょっと言いにくそうに顔をしかめるその表情から、成瀬が春日のテニス部での振る舞いをあまり快く思っていなかったことが、伝わってくる。

それ以上言いたくなさそうな成瀬から、更に話を聞き出すと、春日がテニス部で何をしていたのか、その大まかなエピソードが把握出来た。本人が言わないことを。

曰《いわ》く、最初のランニングで倒れ、雑用は拒否、ラケットを握ればどうしてかすぐにへし折り、ボールは顧問の顔面に直撃、先輩に言い返して一気に空気を悪化させ、最終的に何も言わずにサクッとバックレを決めた。軽く伝説じゃん。爪痕、残してどうする。

「ま、まぁ、評判は悪いよね……」

春日の話をする成瀬の顔は、青汁飲んでるエキストラのそれだった。

「春日さんだけ悪いわけじゃなくてさ。先輩とか、部の空気とか、ちょっと特殊なとこもあるし。うち、体育会系的なとこあるから。馴染めなかっただけじゃん、って感じ」

まぁ、そうなるよな。

これはもしかしたら、俺が悪かったのかもしれない。無理なことをさせて、結果、春日のポイントが下がってる。

「でもなんで？　青木、春日さんと仲いいの？」

「いや、全然。仲良くないよ」

春日を裏切っているような気持ちに一瞬なったが、大して仲が良くないのも本当のことだしで、何にせよこの流れで「実は最近よく喋るんだ」とも言いづらい。心の中でだけ、俺は春日に軽く謝った。


放課後、俺の部屋で春日は拗《す》ねていた。

「私だって、自分なりに頑張ったの」

ふてくされた顔を隠そうともせず、彼女はムスッとしていた。

「でも、うまくいかないね」

と、春日は途方にくれたように言い、コタツ机の上に顔を突っ伏した。

「頑張ったし、ちょっとくらいポイントが上がったってことにならないかな？　……ダメ？」そう言って春日は、俺を上目遣いに見た。

そういえば春日は、ポイントのことを、俺が勝手に考えて査定してつけているだけのものだと思っている。「ポイントが見えるんだ」なんて話を、俺は春日にしていないからだ。

「多分、残念ながら……下がってる、んだと思うよ。なんか多分、２ポイントくらい」

春日の頭上の40という数字を見ながら、俺は言う。

「ま、あんまり気にしないで、次行こう、次」

と、俺は慰めになっているのかなっていないのかもよくわからない微妙な言葉を春日にかけた。

急に新しく部活を始めるとか、やっぱりそれはちょっと無理があった。

「だからもっと、簡単な方向から攻めることにした」

そう言って俺は春日に、とあるスマホのページを見せた。

「何これ」

「ちゃんと読んでくれ」

「脱オタク……ファッションガイド……？」

しばらく真剣な顔で見ていた春日だが、ふと急に顔を上げて、真正面から俺のことを睨みつけた。

「ねぇ、青木くんって、私のことバカにしてるよね？」

バレてしまった。

「全然？　そんなことないよ。むしろ尊敬してる。ある意味」

「いや、バカにしてるじゃん。オタクファッションじゃないし。これはしまむらとGUで選んだ同色コーデで……」

どこがオタクファッションじゃないのかさっぱり理解不能だったが、そこの議論は面倒臭いので避けた。今日着ているファッションに関する彼女なりのこだわり（「どんな髭剃《ひげそ》りにも哲学はある」という言葉を思い出した）を右から左に聞き流し、

「で、どうするの？　やらないの？　やるの？」

と俺は幾分うんざりしながら春日に聞いた。

「…………………………やる」

三点リーダー×十二個分程度の長い沈黙の後、春日はやけに決然とした表情で、そう言った。

3

さて、付き合いが長くなるにつれ、少しずつわかってきたことだけど、春日はというと、これが随分素直な奴なのだった。それは春日の数少ない美徳と言えた。彼女は、俺のアドバイスをすぐに実践していく。それもわりと、楽しそうに。

ともかく春日は少しずつ、なんていうかちょっとずつ、マシになっていくのだった。春日の頭上のポイントが、日々上昇していくのを、俺はちょっと信じられないような気持ちで見ていた。まるでビリギャルの偏差値だ。

例えば服装改善のため、ショッピングモールへ。俺も一緒に春日の服を選んだ。服選び、それは俺にとっても難しいことだったけれど、結局は雑誌を参考に店員さんの意見を聞きつつ無難なトーンにまとめてそれを乗り切った。

春日はダイエットを成功させ、体重を少し絞り、三キロ落とした。元々、そんなに太っていたわけじゃないけど、いざ新しく洋服を買ってみたら、体にピタッとしたシルエットの服だったせいで、自然に、痩せたい気分になったらしい。劇的に何かが変わった訳ではないけど、パッと見の印象がスマートになっていた。

「意外と私って、やれば出来る子？」

「世の大半の奴はやれば出来る子だよ……やらないだけで」

それから、春日は自分から人に話しかけるようになった。おっかなびっくり。まぁ、別に根暗とかではないので、それ自体は苦痛ではないようだった。

それから春日は……これはいいことなのかどうかは俺にはよくわからなかったけど、キャラを作るようになった。

春日の会話の、ビフォーとアフターといえばこんな感じだ。

ビフォー……話しかけるとすぐに自分の話ばかりし出す。

アフター……相槌《あいづち》を打ち続ける。

「へー！」

「あ、そうなんだ」

「すごいね」

これを教えたのは何を隠そう俺で、俺はこのメソッドを「へーふーんあそうなんだすごいねメソッド」と呼んでいた。会話が面倒臭いとき、好感度を下げずにクラスメイトの相手をするため、俺が編み出した必殺の技だ。

「とにかく、まぁ春日もそうだけど、世の中の奴のほとんどは、自分の話を聞いてほしくてしょうがない。だから、リアクションするだけでいいんだよ。そしたら勝手に相手が自分のこと気に入ってくれるから」

「でもそれ、バカにされてるって思わないかな？」

「なるべく感情込めてさ。いつも俺が春日に打ってる無感情かつおざなりかつ薄味なゼロカロリーの相槌じゃなくてさ。ちゃんと一応、仮初めの敬意を持ってさ。へー！そうなんだ！　すごいね！　って感じ」

「なんかやっぱり私、青木くんにすごいバカにされてる気がする……」

素直で愚直な春日。彼女は教室でそれを一生懸命に実行していた。最初は、いきなり春日に話しかけられ、怪訝《けげん》そうな顔をしていたクラスメイトたちも、空気を読もうと努力しつつ、相手に調子を合わせるようになったＮＥＷ春日に、徐々に心を開きつつあった。

そんな風にしてると、やがて春日に話し相手らしき存在が出来ていった。クラスで話をする奴も徐々に増え、それにつれてポイントも上がっていく。

「人の話聞くのって疲れるよね。なんか、疲れた。なんでこんな思いしてまでさ」

春日は日々、学校帰りに俺の部屋に上がり込み、日中教室での反動なのか、自分の話ばかりマシンガンのように喋った。ガス抜きしておかないと暴走しそうだから、適当に聞き流す。

それから、春日は勉強もするようになった。といっても、放《ほ》っといて自発的に勉強をするようなことはなかったので、必然、俺の部屋で一緒に勉強することになった。

「春日、よくうちの高校受かったよな……」

そこまで偏差値が高いわけじゃないけど、ちょっと本当に合格したのか疑わしいくらい、最初、春日は勉強が出来なかった。

「もしかして春日って……裏口？」

「バカにしてる」

春日が投げてきた座布団をかわしつつ、更に聞く。「いやマジで。どうやって受験、受かったの？」

「……実は全然偏差値足りてなくて。記念受験だったんだけどさ。なんか多分ね、選択問題で当てずっぽうに書いた答えが全部当たっちゃったんだと思う」

「マジか……」

「うん……受かっちゃった……」

そんなことが本当にあるのかわからないが、春日の学力がクラスでも最底辺にあるのは間違いなさそうで、少なくとも俺の方がいくらか勉強が出来た。で、俺が春日の家庭教師代わりになり、勉強を教える日々。

「時給くれ」と俺が呟《つぶや》くと、春日は不思議そうな顔して「なんで？」と言った。

「だって私が今、青木の話を聞いてあげてるんだから、むしろサービスタイムなのかなって。我慢して話聞いてるの、今、私の方じゃん。だから私にお金欲しい」

「お前、あのな」

呆れつつ、教えてて気づいたけど、春日はそんなに頭が悪い訳ではない。むしろ、異常なくらいの素直さがプラスに作用し、あっという間に基礎的な部分の理解は追いついていった。中学の勉強範囲の中でつまずいているところが多々あったのが、春日の学習上のつまずきの原因だった。俺はただ、それを教え直すだけでよかった。

結果、彼女の小テストの点数は上がった。このままいけば、期末でも結構いいところに食い込むかもしれないと思った。

そんな調子で、授業で当てられてトンチンカンな答えを返すこともなくなり、周囲の見る目は変わり……ポイントは日々、上昇していく。元々ポイントが低かったから、春日にはその分だけ伸びしろがあったのだ。

俺はなんでここまでしているんだろう、自分でも不思議だった。だけどどうやら、俺は春日のポイントを上昇させるという行為に、熱中、つまりはハマっているようだった。

別に俺は、親切な人間ではない。春日のためを思ってしているわけでは、全然ないのだ。と思う。多分。俺が春日に協力しているのは、なんていうかつまり、一種のゲーム感覚だった。

春日の恋を応援するのは、なんかそういうゲームみたいで、内心少し面白かった。

春日のポイントが上がるたび、レベルアップのＢＧＭが鳴っているような気がした。

手応えがあった。

育成ゲームか何かで、モンスターかアイドルでも育てているような気分だった。

こんな風にポイントが見え出してから、ずっとノートに記録して、人のポイントの内訳について考えてきた俺の孤独な日々。その総決算が、春日のプロデュースだったのかもしれない。

友達の数が増えてプラス3、小テストの点数も上がりプラス1、明日はどんな風に春日のポイントを上げよう？　似合う服を探そう。そうすれば、もっとポイントが上がるだろうか？

ずっと言い続けてたらそのうち、ついに春日は眼鏡をやめてコンタクトをつけ、少し化粧もするようになった。

「どう？　変じゃない？」

朝、校門で偶然会った俺は、最初その自分に話しかけてきている人物が春日だと、気がつかなかったくらいだ。それくらい雰囲気が激変していた。ダサくて似合ってない謎のウェリントン眼鏡を外して、今までの色んなポイントを上げるための努力が身を結び、春日はぱっと見、中々ありだった。

「いいと思うよ」

ちょっと照れながら、そう彼女に言った。

「なんかこれって単にさ、私が、青木くん好みの女子になってってくだけなんじゃないの」

春日が急に疑わしそうな顔で言い、俺はムッとしつつ、「そんなことないよ」と答えた。

「最近春日さん、感じ変わったよね」「かわいくなったよね？」そんな声がクラスでも聞こえてくる。

「ね、私って今、何ポイント？」

と俺に確かめるように聞いてくる春日の表情は、実際、わりと気分が良さそうで、彼女自身もこの一連の行為を楽しんでいるようだった。

春日のポイントは、56になっていた。

本人には、言わないけど。

おかしなことに、春日はもはや、俺より上なのだ。

そんな日々を送りつつ……………俺はふと、冷静に、思うことがあった。

このまま春日のポイントが順調に伸びていったとして、いつか彼女のポイントが、曽山と同列になるなんて、あり得るんだろうか？

無理じゃん？

春日の容姿も学力も伸びていく一方、俺は結構不安だった。

いつか、春日の伸びしろがなくなってしまったら、どうしよう。春日になんて言えばいいんだろう。

何度かノートに書き出して、試しに計算してみた。でも春日がいくら努力したところで、曽山と同じくらいのポイントになれるなんて楽観的な気持ちには、俺はなれなかった。

4

俺は春日のことがあって、曽山に話しかける必要を感じていた。敵を知り己を知れば、何だっけ。ともかく俺が曽山と知り合いになれば、後々色々春日のためになるだろう、と考えた。

どう話しかけようか迷い一週間、俺は曽山の様子を見ていた。一人のときが良かった。曽山だけならともかく、その取り巻きも含めて談笑するような自信が、俺にはなかったからだ。

そのチャンスは、意外に早く偶然やって来た。ホームルームの時間、校内を大掃除することになり（ダルい）、曽山と俺が同じ場所に割り当てられた。

「青木、中学どこだっけ」

少しビックリした。急に向こうから話しかけられたことにも動揺したし、ぶつけられた話題にも困った。言いたくなかったけど「言いたくない」と言うのも変なこだわりのある人みたいに思われるのが嫌で、「鹿島中《かしまちゅう》」と仕方なく普通に答える。

「俺は横田《よこた》中学。なんか、部活やってんの？　やってた？」

「や。俺、何もやってない」

「部活ってダルいもんな」

そのまま、少し沈黙。接点なさすぎて、それ以上会話を、どうやって繋《つな》いでいいのかわからない。

「あのさ」

ほんの少しヤケな気分で、俺はとりあえず言ってみた。

「どうやったら曽山みたいにモテる？」

すると、曽山は声に出して笑った。そんなに、マズい話題の振り方じゃなかったらしい。俺はホッとした。

「別に俺だって、そんなモテてるわけじゃないし」

「でも、俺よりはモテそうにないもんな」

「確かに青木はモテそうにないもんな」

急に真顔で曽山がそんなことを言うので、俺は一瞬言葉に詰まった。

「いや、今の怒るとこ」

笑いながら曽山が言って、ああ、冗談だったんだ、と安心する。

「別にそんな難しくないよ」

「なんかテクニックとかあったりする？」

「テクニックとか。そんなの、ないよ。なんだろ。そう言われたら、人との接し方とか、意識して考えたことないかも」

なるほど、要するに曽山は天才なんだろう。天才のスポーツ選手は「ピュッとやってバン」だよな。俺みたいにあれこれ、悩んだりすることもないに違いない。

「別に普通にしてるだけなんだよね」

「そっか。あのさ、曽山」

自然な流れで聞き出せる、と思った。

「彼女とかいる？」

すると曽山は、ふっと考え込むような仕草で、自分の靴に目を落とした。

「ま、俺はいないんだけどさ」

と、俺は取り繕うように言って、あはは、と苦笑いした。

「いや、彼女はいないと思う。うん。いない」

「何それ」

不可解な彼の言い草に困惑しながら俺が言うと、「いや、全然いないよ」と曽山は言い直した。

「青木、誰かいい女いたら紹介して」

「あ、うん」

しかし、本当だろうか。曽山に彼女がいないなんて、俺にはちょっと信じられなかった。

ともかく、曽山と軽く会話出来た、そのことに俺はちょっと満足していた。

そんな日々を送りつつ、夜なんかに一人で部屋にいるとき、俺はたまに不安に思うのだ。春日や成瀬や曽山のことなんか思い出しながら、ふっと不安になる。

こんな普通の日々、いつまで続くんだろう。

みんなは、なんとなく楽しく日々を生きてるのかもしれない。

でも、俺は違う。

俺は必死でやって、やっと普通だ。一瞬も気が抜けない。

自分は今のところ、上手《うま》くやれてる方だと思う。普通の高校生を、上手く演じることが出来ている。

でもいつか、ボロが出るんじゃないか。そう思うと、怖い。

そのうち成瀬に、取り返しがつかないくらい、嫌われてしまう気がする。

春日は愛想をつかしてそのうち、俺とは口を利くこともなくなっていくだろう。

よく漫画やドラマとかで、心を開くとか、本当の自分を見せるとか、それが尊いことのように描かれるけど、俺はどうかと思う。さらけ出したければどうぞ勝手にさらければいいけど、それを強要されるような圧迫感を感じて、俺はどうもそういうのが苦手だ。

別に俺は、本当の成瀬や春日に興味がないし、きっと二人だって、本当の俺なんか見たくないだろうという気がする。

本当の自分なんて、親にも誰にも見せれない。

曽山〉青木って休みの日とか放課後とか、いつも何してんの

ベッドの端に置いた携帯が震えていた。見ると、曽山からそんなＬＩＮＥが来ていた。

自分〉たまに友達と出かけたり、家で遊んだりかな

そんな風に平気で嘘をつく自分は、どうなんだ、と思わなくもない。

曽山〉青木、来週の土曜、暇？

土曜日にクラスメイトに誘われて、遊びに行くことになると、なんだか「休日出勤」って感じがする。それと同じ理屈で言えば、放課後、付き合いで遊ぶのは「サービス残業」で、つまりはどっちも行きたくない。

〉ごめんちょっとバイトのシフトが入っ

バイトしてないけどそういう体で嘘を送ろうとして、ふと思いとどまる。春日の顔が浮かんだ。何のために自分が曽山に話しかけたのかを思い出した。これはいいチャンスかもしれない。嘘を削除して、違うメッセージを送る。

自分〉暇だな

曽山〉じゃあ、海老名駅《えびなえき》の改札前に来てよ

自分〉他に友達連れていきたいんだけど、いい？

しばらく間があって、ちょっと緊張する。

曽山〉ああ、俺も実は連れてこうと思ってたから、全然いいよ

たったこれだけのＬＩＮＥのやりとりに、死ぬほど疲れている自分がいる。

普通の学生生活を送るのは、疲れる。

一生上辺だけで人と関わっていられたらいいのに、いつか人間関係が進むにつれて、徐々に心の距離が縮まっていく、そのことが俺には恐怖だった。死ぬまで世間話だけだったらいいのに。サッカーの試合結果とか、学校の先生の話し方の癖とか、誰とも、一生そんなことだけ話していたい。必要以上に仲良くなったら、何を話していいのかわからない。

第三話

1

で、当日。

俺は春日を騙《だま》し、曽山との待ち合わせ場所に連行した。

駅前改札の太い柱にもたれていた曽山を見て、春日は「ふげげ」と悲鳴を上げた。

「な、なんで曽山くんいるの」

「今日一緒に遊ぶ相手」

「か、帰る」

「もう曽山もこっち見てるから。今更帰れないぞ」

曽山は俺たちの姿に気づき、軽く手を振っていた。

「帰る。早く帰ってアニメ見ないと！　レッツ現実逃避」

「待て」

マジで逃げかけた春日をひっ捕まえて、半ば引きずるように曽山の元に連れていく。

「あ、今日来るの春日さんだったんだ。いつも学級委員で会ってるよね」

曽山が自然な感じで微笑《ほほえ》む。その笑顔に、春日が射抜かれて即死している。

「あ、あは。こ、こんにち、わん」

犬みたいな零点な挨拶を春日がしたとき、「わっ」という高い声と共に、俺の背中に衝撃があった。誰かがぶつかる感触、俺は驚いて振り返った。

「こんにちワン」

春日のとぼけた挨拶にかぶせて、そう言ってのけた成瀬の顔が、振り返った俺のすぐ前にあった。

「な、なんで？」

今度は春日と同じくらい、俺がビビる番だった。

「今日は四人で一緒に遊ぼうと思ってさ」

曽山がこともなげに言ってみせるので、俺はどうリアクションしていいのか、全く困ってしまった。

「成瀬と仲良いの？」

「俺ら、テニス部だし。それに、まぁ。とにかく」

それにまぁ……なんだよ。気になるから言えよ、と思うけど言えない。

「ボーリングでも行く?」

　成瀬が、なんとなく、といった感じで言った。俺も春日も、ほぼ同時に顔が曇る。顔を見合わせ、無言で腹の中を探り合う。こいつボーリング下手なんだな、と互いに思い合ってる気がする。目と目で通じ合っている。俺は下手だ。

「なんか俺、卓球したいんだよね」と、曽山が言った。

　卓球？　と多分俺だけでなく春日も思ったが、彼のようなポイントの高い人間に言われてしまうと、なんだかそれもアリのような気がしてくるから不思議だ。

　でもスマホで検索すると卓球が出来そうなとこが見つけられなくて、それで俺たちはかわりに、ゲーセンに行くことになった。繁華街にある大きめのゲーセンで、目当ては卓球のかわり、エアホッケーだった。似てると言えば言えなくもない。

　グーパーの結果、俺と春日、曽山と成瀬のペアになる。

「なんでお前と」「私が言いたい」

　エアホッケーなんて久しぶりにやる。いざやってみると、それは残酷なくらい運動神経が反映される遊戯だった。

　曽山と成瀬、明らかに運動神経のいい二人。それに対するは、俺と春日。つまり、テニス部VS帰宅部の戦い。決戦の火蓋が切られる前から、勝敗は既に見えていた。

ポンポンとテンポよく曽山に点を決められていき、明らかにまるで勝負にならない。挙句には春日なんか「すごーい」と、曽山が点を決めるたび、感激の声を漏らす始末だった。10—0で負けた。なんだよ、このスコア。

結局それじゃ面白くないので、俺と成瀬、曽山と春日にチームを分け直し、もう一度プレーすることに。

二ゲーム目が始まっても、曽山はバシバシとすごい勢いでシュートを打ってくる。ところが、成瀬も負けていない。二人は白熱したラリーを繰り広げ、すっかり春日は蚊帳《かや》の外で何もしていない。春日はただの木偶《でく》の坊《ぼう》なので、実質二対一なのに、それでも曽山の方が優勢だった。曽山と成瀬では、どうしても男女差で曽山の方が強い。その差を俺が埋めれてないせいだった。

曽山にシュートを決められたあと、

「しっかりしてよ青木。あんな奴に負けないで」

小声で、俺の耳元で成瀬は確かにそう言った。あんな奴、って何だろう。

結局曽山は強くて、終わってみれば俺と成瀬のボロ負けだった。

「曽山って、何でも出来るんだな」

俺が言うと、曽山は満更でもない顔で笑い「スポーツ得意だから」と返した。これがスポーツに入るのかわからないけど、運動神経を要するゲームであることには違いない。

「俺、飲み物買ってくるわ。何がいい？」

と曽山が言い出し、「私、コーラ！」「ウーロン茶でいい」「俺セブンアップ」と答
えると、

「青木は水な」

と曽山が無表情で言った。

それはどうしてか睨むような顔で、俺はちょっとビクッとした。

「冗談だよ」

笑って、曽山が自販機を探しに行く。

「春日、ついてけば？」

俺が促すと、春日がキョトンとする。「一人で四人分の飲み物持ってくるの大変だ
し、それに色々」曽山と話せるし。「あ、そっか」春日は素直に追いかけていき、小
さな背中が薄暗いゲーセンの向こうに消えた。そして俺は、成瀬と二人になった。

「さっきの卑屈すぎだから」

成瀬が何故か、怒ったように俺に言った。

なんかミスったっけ、とうろたえる。確かにそうかもしれないけど、わざわざ言って怒るほどのこと？と思った。

「あのさ、聞きたかったんだけど。成瀬と曽山って何かあるの」

「何もないよ」

成瀬の声が大きくて、一瞬、周囲がしんとした。その言い方は、むしろ何かあるみたいで、俺は落ち着かない気分になった。

「青木、なんかナヨナヨしてる」

「そんなしてる？」

俺はなんとかその成瀬の謎の怒りを、冗談のモードの中に収めたくて、あまり意味なくただ笑った。

「なんで笑うの？」

成瀬がそう言っても、俺は上手く答えられなかった。

「お待たせ」

そんなうちに、曽山たちがわりにすぐ、戻ってきた。

「次、あれしようぜ？」

曽山が指差したのは、ある有名な格闘ゲームだった。「私、パス。わかんないし」

と成瀬が、「私も格ゲー苦手」と春日がそれぞれ言い、それを最初から予期していたように曽山は「青木はやるだろ？」と俺を見た。

正直言うと、そのゲーム、俺は昔やり込んでいたことがあった。得意なゲームだ。こういうゲームは、いかにやり込んでるかで勝敗が決まるようなところがある。曽山と戦っても、さっきとは逆に、一方的に俺が勝つかもしれない。

でも俺はそれを言わないで、

「じゃあ、やる？」

と曽山の誘いに応じていた。

さっきエアホッケーで負けて、成瀬にも何故だか怒られ、俺は少しくらいいいところを見せたいような気がしていたのだ。

「どうせならさ、何か賭けない？」

曽山が急に突拍子もないことを言い出したので、俺は面食らった。

「へ？　じゃあ、さっきの飲み物の代金精算してないし、それ賭ける？　俺が負けたら全部払うけど」

「いや。そんなのつまんないだろ。じゃなくてさ。あ、じゃあ、こうしよう」

曽山はニヤリと笑って、成瀬を見た。

「勝った方に成瀬がキスすること」

言われた成瀬が飲んでたウーロン茶をこぼした。着ていた白いサマーニットに、薄いシミが小さくついた。

「バカじゃん？　絶対、嫌」

「つまんないこと言うなよ。雰囲気悪くなる」

「あんたが悪くしてんでしょ」

なんでこの二人、こんなにピリピリしてるんだろう。俺も春日も二人の間に入れなくて、呆然《ぼうぜん》と、ただやりとりを見ているしかなかった。

「ちょっと待って、青木」

急に成瀬が俺に近づいてきて、耳元に口を近づけてきた。小声で、聞いてくる。

「青木、このゲーム得意なの」

「え。多分」

「何二人でコソコソしてんの」

曽山に言われて、成瀬は焦《じ》れたように俺との会話を打ち切り、曽山に向き直った。

「別にやればいいよ」

「お、成瀬、ノリいいじゃん」

そう言って、曽山は格ゲーのコインを入れた。

「やろうぜ、青木」

なんなんだよ、と思いながら、俺もコインを入れた。

そのままゲーム画面に意識を向ける。勝てるだろうか？　多分、大丈夫だろう、と思う。

ゲームが始まってすぐ、俺は軽く絶望した。

曽山のゲームプレーは、経験者のそれだった。

いい勝負だったけど、どうやら曽山の方が俺よりも強かった。その実力の差そのまま、とくに意外なことも起きず、俺はゲームの中でボコボコに殴られた。

「いいよ。じゃあ青木、しばらく殴ってよ。ほら」

そう言って曽山は、ボタンから手を離して、ジュースを飲み始めた。

正直ちょっとムカついたけど、攻撃を入れる。ゲージを半分くらい削ったところで、曽山が本気出して反撃してきて、結局負けてしまった。

「う……」

「やったー」

曽山は両腕を天に突き上げ喜びを表し、そのどこか演技くさい挙動はでもすぐに引っ込めて、成瀬に近寄った。

「成瀬、勝利のキス」

「嫌」

仏頂面の成瀬を、曽山は半ば強引に抱き寄せ、そのままキスをしようとした。

は？　マジでやるの？

俺も春日も目の前のその光景がショックすぎて、フリーズしていた。春日は自分の顔を手で覆い、その指の隙間から恐る恐る、二人を見ている。

曽山は成瀬の腰と後頭部にそれぞれの腕を回し、嫌がる成瀬に強引にキスをしようとして。

そのまま、動きが止まった。

「冗談だよ」

怪しく笑う曽山の顔は、どこか冷たかった。

「やめてって言ってんじゃん」

成瀬の目には、ほとんど涙が浮かんでて。

「私、先、帰るね」

そう言って成瀬は、ゲーセンの外に走った。

「待てって」

それを何故か曽山は追いかけて、俺たちの前から消えていった。

「今の……何……何なの……あれ」

呆然と春日は言葉を吐き出し、ゲーセンの紫のライトに照らされた生気のない顔で俺を見た。

「ねぇ、今の何なの⁉」

春日は、俺の体をブンブンと揺さぶった。

「やめてやめて首がヘルニアになる」

「首ってヘルニアになるの？」

「知らないけど、とりあえず落ち着いてくれ」

俺だって、地味にショックなんだから。

春日はゆらりゆらりらと揺れながら、そばにいたゲーセンの店員に声をかけた。

「私、人を殺すゲームがしたいんですけど」

言われた店員は、混乱していた。「あの、ゾンビとか打つ系すか？　それとも」

「ゾンビも元は人なのでそれで大丈夫です」

結局、春日に引っ張られ、俺たちはよくあるゾンビを銃で殺す系のゲームをやることになった。

次々と迫りくるゾンビをひたすら拳銃で撃っていると、なんだか、その相手がだんだん曽山に見えてきて俺は呟いた。

「曽山、死ね、曽山、死ね」

「私の好きな人を殺《あや》めないで」

温度も湿度もない声で春日は言い、迫りくるゾンビを連続で撃ち殺して俺を助けた。

「ああ。悪い」

「成瀬さん、死ね」そして響くチープな銃声。

「俺の好きな人も殺さないで？」

「命乞いしても許さない」

春日はゾンビに食い殺されたが、彼女は「金の問題じゃないよね？」と言い捨てて連コインし復活再臨、あまねくすべてのゾンビを殺し切るまで俺をそのゲームに付き合わせた。

2

そんなこんなで、春日と二人、大量のゾンビを倒し終えてバーチャル世界を救済し、夕方、俺は疲労困憊しつつ帰宅した。心も体も、なんとなく死んでいた。

そのまま自分の部屋に直行しようとして廊下を歩いてたら、居間から話し声がした。めずらしく、姉がこんな時間に家にいる。それはどうやら、電話の声のようで、姉は愉快そうに何か一人で喋っていた。

「それポイント高いよねー」

そんな声が耳に入り、気になってドアを開けると、姉が驚いたように俺を見た。

「あれ、直人、帰ってたんだ」

「うん。今帰り」

そのまま、冷蔵庫から麦茶を取り出して体に水分を補給しつつ、姉の会話に聞き耳をたてる。「あの男はポイント低くてさ」とか、またポイントの話をしている。俺はちょっと恐怖だった。

姉が電話を切ったタイミングで、俺は探りを入れた。

「姉ちゃん、見えるの？」

「何が？」

「さっき、ポイントって……」

「は？　ああ、だから、結婚相手として条件のいい悪いの話をしてただけ。普通に言うでしょ、ポイント高いとか低いとか」

話を聞くと、最近の姉は婚活サイトにハマっているらしい。なんだ。紛らわしい。と思いつつ、「それより姉ちゃん、結婚するの？」と聞いた。

「するよ」

姉のポイントは、62。めちゃくちゃ高いわけでもないけど、そこそこだ。少なくとも、弟の俺より高い。姉は、容姿とコミュ力がまずまずなので、そういうことになっているようだ。

「ね。直人。収入普通で気が弱い男と、性格が良《い》いけど金のない男と、金持ちで爽やかな男と、あんたならどれ？」

「そういう聞き方されたら、普通、金持ちで爽やかな男じゃん？」

「だよね。迷うことない」

そう言うなり、姉はスマホに目を落として、何やら操作を始めた。思うに、きっと結婚相談所のアプリか何かをいじって、メッセージなど送っているのだろう。

「別に結婚とか、そんな風に焦んなくても良くない？」

一方の俺は、地味に変な動揺があった。まだしばらくは結婚しないだろう、とたかをくくっていたのに、急に姉が結婚を意識しているなんて話を聞かされると、妙に寂しい気分だった。別に俺と姉は、ものすごく仲が良いとか、シスコンだとか、そういうわけではない。ただ、もし結婚なんてされると、姉が急に大人になってしまうような、自分と別世界の人間になるような気がして、気分は複雑だった。

「二十四までに結婚しときたいでしょ。価値が下がって、男のレベルが下がる。会社の人見てたらそう思う」

姉はスマホから顔を上げて、俺の目を見て言った。

「これ、私の一大プロジェクトなの」

「あ、そう」

何かよくわからないけど、気合いの入った表情だった。なので、どうやら姉は本気らしい。

そこまでして結婚したいという気持ちが俺には理解できなかったけど、まぁ、それはいい。ただ、リアルに姉の結婚を想像すると、一気に面倒臭い気持ちになった。結婚式とか。出たくない。マジで。

自分の部屋にたどり着き、力なく、顔からベッドにダイブする。何もする気が起きないけど、なんとなくスマホくらいはいじれる。気力がそれくらいだったせいで、とくに何の目的もなくただ漠然と、LINEを開いた。

【最近更新されたプロフィール　宮内《みやうち》コウ】

見ると、アイコンにキメ顔の写真がアップされていて、変な形の帽子をかぶったコウちゃんが写っていた。

久しぶりにコウちゃんの顔を見たな、と思う。

いい歳した男の自撮りは気持ち悪い。

俺は何か嫌味を言いたくなってメッセージ画面を開き、それから、でもとくに上手い言い回しも思い浮かばなくて、

〉姉ちゃん、結婚するらしいぞ
とメッセージを送った。

すぐに既読はついたけど、しばらく待っても返信は来なかった。

3

あのゲーセン以降、どうも成瀬との間に、妙に気まずい空気みたいなのが続いてて、昼休みいつもの視聴覚室でも、会話は弾まなかった。

「あのとき、青木、どう思った？」

「え？　なんのこと？」

あのときがどのときなのか、本当はわかっていたけど、俺はなんとなく、とぼけてみせた。

「だから、曽山が」

「ああ、あのときか」

正直言うと、二人は釣り合ってる、と思った。成瀬と曽山が付き合うなら、それはとても妥当だ。クラスで一番ポイントが高い男女のカップル、ケチのつけようがない。

「いや、曽山、大胆だな、とは思ったけど」

「それだけ？」

「だけっていうか……別に何も。だって、冗談だろ？」

成瀬は、怒ったように黙ったままだった。何か言ってくれ、と思う。気まずくてしょうがない。

「あのさ」

成瀬はじっと俺を上目遣いに見て、抗議するように、唇を尖らせた。

「青木、ダサかった」

成瀬の言葉がぐっと刺さった。当分抜けそうにない、深い棘《とげ》だった。

「しょうがないだろ。だって俺と曽山じゃ……その、なんていうか」

ポイントが違う。

「人としての、レベルとかスペック、つまり、格が違いすぎるだろ？　曽山と、俺じゃ、勝負にならないよ」

「青木、卑屈すぎるよ。どうして？」

どうしてって言われても……。それは実際、事実だし、目に見えているんだから、しょうがない。ポイントが大したことのない俺は、どうしたって自信の持ちようがない。

成瀬の、74、という眩しすぎるポイントを見ながら、俺は言う。

「だって、わかるだろ？　そんなの。みんな、いちいち口にしたりしないだけで。俺たち同じ高校生だけど。でも、全然、違うじゃないか。

本当は成瀬だって、わかってるだろ。

曽山とか成瀬は、すごいよ。本当に。俺とか、人としてレベルが違うだろ。俺なんか、全然、ダメだよ」

俺が一息にそう言うと、成瀬の顔は急に、真っ青になった。

「成瀬……？」

ヤバい、失敗したか？　と怖くなった。でも、どっちにしろもう、取り返しはつかない。

「青木、私のこと、そんな風に思ってたんだ」

それから、成瀬はすくっと立ち上がった。昼休みが終わるまでは、まだ随分、時間があるのに。

「もういい」

そう言って、成瀬は出ていった。

心がチクッとした。

それから、成瀬はもう、昼休みに、視聴覚室に来ることはなくなってしまった。

「お前が悪い」

「なんで？」

春日は不思議そうな顔で俺に聞いた。

「全部、春日のせい」

いつもと違い、今日は俺たち、春日の部屋に来ていた。

「だから、なんで？　私、悪くないと思うな」

「いやそんなことはわかってるよ？　俺だってバカじゃないし」

俺は会話しつつ、何故か春日の部屋をひたすら片付けていた。

「さっき交換条件って言っただろ？　部屋片付けるかわり、八つ当たりさせてくれって約束したじゃん」

春日の部屋は、いわゆる汚部屋だった。それも、かなり本格的にヤバめの部屋で、俺はゴミを手につかみながら、途方に暮れそうになる。

＊＊

遡ること……三十分前。

「たまには私の家に来ていいよ」

と、学校帰り、春日が言った。うちはその日、俺の姉が彼氏を連れてくると言っていて、それと鉢合わせするのが嫌だった。

それでも俺は最初、春日の家に行くのが、なんとなく気が進まなかったのだけど。

「もしかして、青木、例のあれ気にしてる？」

「あれって何」

「私のお母さんが『あらまあ、いらっしゃい。うちの子が男の子を家に連れてくるなんて初めてだわ。やだ、この子ったら最初から言っといてよ。それにしても、彼氏なんてね。お母さん、嬉しいわあ』とか言うのを危惧してる？」

「あー、少なからず」

「そりゃね、確かにうちのお母さんは、どこにでもいる普通のおばちゃんだよ？　だからって今時そんなベタなこと言わないと思うから安心してよ……大体今頃パート行ってるはずだし」

そう言いながら春日が玄関を開けると、目の前にお母さんがいた。

「あらまあ、彼氏？」

ニコニコと満面の笑みで挨拶してくる春日の母親に、俺は曖昧な笑みを浮かべながら会釈した。

「お母さん、嬉しい」

あはは、と春日は乾いた笑い声を漏らした。

春日母はすぐ、俺たちのためにジュースとお菓子をお盆に載《の》せて持ってきて、ニコニコしながら去っていった。

「なんか、ぬか喜びさせちゃって申し訳ないよな」

と俺は一応そう言ったが、春日は気にしていないらしい。

「ちなみにうちのお母さん何ポイント？」

47だったけど、さすがに性格悪い気がして曖昧に誤魔化した。ちなみに、顔が春日とそっくり。

「ちょっと散らかってるけど」

そう言われて彼女の部屋に通されたのだが、

「これがちょっとなのか…………？」

俺は呆れ果ててしまった。

足の踏み場もない散らかりよう、という言葉があるが、リアルに直面したのはこれが初めてだった。本当に床が見えない。常軌を逸していた。

「春日、よくこれで他人を部屋に招き入れようと思えたな……」

俺は春日の羞恥心のなさに発狂しそうになった。

「そう？　まぁ、男子が来るのは初めてかもね」

春日は慣れた様子で床をかき分け、そのまま腰を下ろした。

「座れば？」

「どこにだよ！」

俺はそう小さく叫んで、雑然とした彼女の部屋の真ん中で立ち尽くした。

「……何さ」

「掃除させて？」

「これが落ち着くんだけど」

「俺が落ち着かないんだよ！」

すると春日は俺をじっと見て、「ね、深呼吸したら落ち着くよ」と言った。

「さ、ゆっくり息を吸って……吐いて…………全身の力を……抜いていきましょう。

さあ、りらーっくす、して」

いちいち真面目にイライラしてたら、そのたび寿命が何時間か縮まりそうな気がして、俺は春日の戯言《ざれごと》を聞き流すことにした。

「よくこんな部屋で生活してられるよな」

「だって、これが落ち着くんだもん」

「というのが春日の弁だった。魚にも、汚い水でしか生きられない魚と、逆に綺麗な水しか無理な魚がいる。俺と春日は、住む水の綺麗さが違うのかもしれなかった……」

「心の声、止《と》めどなく漏らすのやめてよ」

そんな流れで、俺は春日の部屋の片付けをすることになったのだった。

＊＊

そのかわり、八つ当たりしていい、という妙な交換条件を俺は春日から引き出していた。

「とにかくな……春日のポイントにばっかり気をとられてるうち俺は、自分の恋愛とか自分のポイントとかが、どんどんおざなりになってきてるってことだよ。つまり、すべからく、今回のことは全て全く完璧にパーフェクトに完全試合的にノーヒットノーラン的にお前が悪い」

「勢い余って四球《フォアボール》出ちゃった」

そして遂《つい》に散らばったゴミをすべてビニール袋に詰め終え、一通りの掃除を終えた俺は、春日に向き直った。

見ると春日は雑誌を見ながら、眉間にしわを寄せて、何やら悩ましい表情をしていた。

「どうした？」一応、聞いてみる。

「やっぱり最終手段、整形なのかなって」

ぐいっと春日は俺に顔を近づけた。

「私だって、目と鼻と頬と口を整形すれば、広瀬《ひろせ》すずになれると思わない？」

それ、原形とどめてないだろ。

「ってかどこにそんな金あるんだ」

「だよね」

「大丈夫。そのままでも十分かわいいよ」

「心にもない言葉を、心ここにあらずの虚無なトーンで口にするのやめて」

そこでふと、春日が急に真顔になって俺に聞いた。

「そういえば、青木はどうして成瀬さんと喋るようになったの？」

「いや。ちょっと。それは、二人だけの秘密」

「なにそれ。気になる」

そう言って、春日は俺の服の袖を引っ張った。

「教えてよう」

俺が仏頂面で無言を貫いていると、「ケチ」と春日は怒ったように言ってこっちを睨んだ。

それから、急にいたずらを思いついたような顔になり、俺は嫌な予感がして「なんだよ」後ずさった。

「えいっ」

と春日は俺の脇の下をくすぐり始め「ガキか、この」俺は抵抗しながら同じことをやり返した。クスクスと春日は楽しそうに笑いながら、部屋の床を転げまわり、「ちょっと、うるさい！」と春日の母親の声が廊下から飛んでくるまで、ケタケタとバカみたいに笑い続けていた。

そうやって笑いながら俺は、別に春日に何もかも話せる訳じゃないんだよな、と思ったりした。

4

そんな春日との放課後駄弁《だべ》り会議も、熱も身のある話も何もなくその日は終了し、そのあと帰りに目についたセブンイレブンに寄った。

「君、青木くん？」

顔を上げると、見知らぬ顔があった。レジのお姉さんが、何故か俺のことを知っていて、名前を呼んでいる。不思議だった。あと六つあれば、コンビニ七不思議を作れそうだ。

「えっと……誰？　ですか？」

その年上のお姉さんは、すごく美人で、ポイントは68もあった。俺や春日とは違う世界に生きる人種だ。同じ言葉が通じるかも怪しい。この人きっと人生楽しいんだろうな、と俺は思った。

「あの、ココアの姉です」

ココアの姉って何？　チョコレートラテ？　と一瞬混乱してから、それが成瀬の名前だと、遅れて気づく。

よく見ればお姉さんの名札には「成瀬」と書かれている。

「成瀬のお姉さん？　でも……」

俺はコーラとポテチの支払いを財布から取り出しながら会話を続けた。でも、なんで？　なんで俺の顔を知ってるんだろう。そのとき俺の後ろには誰も並んでいなくて、なんとなくそのまま、雑談を続けていいようなモードだった。

「いつも妹から話、聞いてるからさ。前にＬＩＮＥのアイコン、見たことあったし」

「変な感じのクラスメイトがいるって話ですか？」

「まぁね、そんな感じ」

お姉さんはちょっと苦笑して、まだ更に何か言いたそうだったけど、それ以上会話を続けようとしたところで、次の客が俺の後ろに並んだ。

「青木くん、近所？」

「徒歩三分です」

「あと一時間でバイト終わるんだけど。そのあと、ちょっと話せる？」

断るのも難しくて、俺は一旦家に帰ってから一時間後、そのコンビニに再び行った。

成瀬に借りっぱなしだった少女漫画を、伊勢丹《いせたん》の紙袋に詰めて持っていった。成瀬と漫画の貸し借りをするためだけに、俺はオシャレな紙袋を集めていたことがあったのだ。その美的関心のマックスが伊勢丹なあたりが俺のレベルをよく表している。そんな変な労苦も、もう終わりか、と思うと、妙に寂しく、感慨深い気持ちになった。

成瀬のお姉さんは、バイト終わり、私服に着替えて、コンビニのイートインで俺を待っていた。お姉さんのおごりで、アイスコーヒー、二人で並んで座る。好きだった人の姉だと思うと、ちょっとドキドキしなくもなかった。

「あ、お姉さん、最近彼氏できたんですよね。おめでとうございます」

「もう別れた」

初めの一歩でいきなり地雷を踏み抜いてしまった。

「で、青木くん、何それ」

「あ、借りてた漫画なんです。その、共通の趣味で」

俺が渡すと、彼女は何故か、ため息をついた。

「なんか、喧嘩《けんか》したんだって？」

「喧嘩っていうか、そもそも、そんなに俺たち、接点なんてなかったんですよね。気が合ってたかどうかも怪しいし。なんか慈善事業的に、慈悲の心と幾ばくかの気まぐれで、成瀬はきっと接してくれてただけで。少女漫画が好きっていうことくらいしか、本当、接点、何もなくて」

俺が言うとお姉さんは何か言いたげな様子を、一瞬見せた。それでも俺は、構わず続けた。

「だけどもう、やっぱ住む世界、違うから」

するとと、成瀬のお姉さんは大きくため息をひとつついて、言うかどうか迷ってるような顔を見せて、それから結局言った。

「妹が最近少女漫画を読み始めたの、青木くんと話すようになってからだと思うよ」

「そんなことは……ないはずですけど」

言いながら、言い切れない自分に気がつく。そう言えるほど、俺は成瀬について何も詳しくない。

ちょっとした混乱が、あった。でもやっぱり、そんなはずない。

「だから君はさ、その意味をもっとちゃんと考えてよ」

成瀬のお姉さんが言うその意味が、飲み込めなさすぎて、俺は困った。

第四話

1

なんか「ちゃんと考えてよ」ってよくある言い回しだけど、ちゃんと考えるのがどういうことなのか、考えるとよくわからなくなる。何が「ちゃんと」考えることになるのか。電気を消した真っ暗な部屋の中で一人、目を閉じて座禅で瞑想《めいそう》でもすればいいのか？　試しにやってみたけど、やはりさっぱりわからない。

成瀬が少女漫画が好きっていうのが嘘だったとして、なんでそんな嘘つく必要があったんだろう。全然、わからない。

晩飯だと親から呼ばれたので、自室から出て階段を降りたら、居間から妙に懐かしい男の声が聞こえてきた。玄関を見ると、ボロボロの薄汚れた雪駄《せった》が一足あって、あやっぱり来てるんだな、と思う。何で来てるんだろう。

居間のドアを開けると、果たして、コウちゃんがいた。

コウちゃんは、居間で何故か酒を飲んでいた。

久しぶりに見たコウちゃんは、だいぶ老けていた。

俺の顔を見ると、赤ら顔のコウちゃんは、

「直人、久しぶり！」

とくつろいだ様子で言った。

宮内コウ。通称コウちゃん。いい歳して今でもフリーターで、抜けた歯も治せないくらい金がない。だらしなくて薄汚くて人生の敗残者。姉の幼馴染で、俺も小さい頃はよく、遊んでもらってた。口癖は「なんとかなる」。とくに何がしたいわけでもなく、ただ何となく生きてるうちに、コウちゃんはもう二十六歳だ。全然、なんともなってない。

それから、コウちゃんは姉の元恋人でもある。「結婚するならプロポーズのとき、バラの花束が欲しい」姉が昔、コウちゃんにそんなバカみたいなことを、よく言ってたのを覚えてる。そんな日は結局、来なかったんだけど。

今見たら、コウちゃんのポイントは、36だった。知りたくなかった。本当に。

コウちゃんはいい歳してぶらぶらしてることを親に咎《とが》められて、数年前、ついに実家を追い出された。それならそれで、どこかに行ってしまえばいいのに、すぐ近くに昭和みたいなボロのアパートを借りて、そこに住んでいる。思えばそのときくらいに、コウちゃんは姉にフラれたはずだった。ダサい。

「いや、瑞樹《みずき》が結婚するって直人から聞いたからさ。ちょっと、お祝いしようと思って酒持ってきた」

見るとダイニングテーブルの上に、やけにバカでかい一升瓶が置いてあった。

「まだそんな、ちゃんと決めてるわけじゃないんだけどね」

と姉は言いつつ、何故かホロ酔いで、一方父と母はとくに楽しそうでも嫌そうでもない普通の表情で晩飯を黙々と用意していた。この家の空気感が、俺にはよくわからない。

「コウちゃんさ、本当におめでとうって思ってる？」

「なんで？　めでたいじゃん。瑞樹、おめでとう。絶対幸せになれよ」

そういう鬱陶しいセリフ、よく言えるよな、と思う。素面《しらふ》で言ってるならある意味尊敬出来るけど、酔って言ってるなら、ただ、だらしないだけだ。

「悔しくないのかよ、コウちゃん」

「全然悔しくない。むしろ嬉しい。直人、お前性格歪《ゆが》んでんな」

「ほっとけ」

俺はもう晩飯を食う気すら失《う》せてきた。コウちゃんと同じ空気を、これ以上吸ってたくない。

「あ、そうだ直人。お前に服やろうと思って。持ってきたから」

「いらないよ」

「買ったとき、結構高かったんだ。捨てようと思ったんだけど、昔お前、欲しがってたからさ」

そう言ってコウちゃんがユニクロのビニール袋から取り出したのは、鮮やかな緑色、バックに「GO MY WAY」って刺繍《ししゅう》がある、ドクロのセーターだった。見覚えがある。確かに、かなり前にコウちゃんがよく着てた服だ。無駄に懐かしい。

「いや何年前の話だよ」

「一応……」

「一応、何」

「グッチだし」

「それきっとパチモンだよ」

俺はただリアルな事実を指摘しただけだったが、コウちゃんはちょっと傷ついたような顔を見せた。

それが妙にムカついて「だっさ」と俺は更に追い討ちをかけた。

「コウちゃん、それこの地球上で一番ダサいから」

そのまま、俺は背を向けて居間を出て、階段に足をかけた。

「ちょっと、待ちなよ」

姉の声がして、俺は振り向いた。

「直人、昔コウちゃんと仲良かったでしょ。どうしたの？」

確かに昔、俺はコウちゃんによく遊んでもらっていた記憶がある。といっても、それはかなり昔、子供時代の話だ。

「コウちゃん、俺の前ではカッコつけてるけど、実際はしょぼいじゃん」

俺が言うと、

「あ、気づいた？」

姉は目を見開いて、驚いたような顔をした。それを見て俺は、何を今更、という気がした。

「だいぶ前から、気づいてるよ」

それに気づいたから、あんたも別れたんだろ、という気がした。

今のコウちゃんと会話する気にはなれなかった。

自分の部屋に引っ込んでから、どうして昔は好きだった物や人が、いつの間にか嫌いになってしまったりするんだろう。そんなことを考えた。

でも、物と違って人は変わるし、コウちゃんは変わり続けてあそこまでポイントを下げたのだ。それかもしかしたら、コウちゃん以外の人間はどんどん変わっていくのに、コウちゃんだけが変わらなかったから、あんな風になってしまったのかもしれない。

2

終業式が終わり、夏休みに突入した。

気だるい夏休みの日々も幾日かが過ぎ。

俺は春日との関係性について、ふと考えていた。暇だったからだ。

よく考えれば、俺と春日の接点というのも、実にあやふやなものだ。きっと、来年になって、クラスも替われば、徐々に口を利かなくなるんじゃないかと思う。

人間関係なんて、そんなものだ。

そういえば、俺の年の離れた従兄弟《いとこ》が、大学進学時、安い家具を買っていた。キャンパスの場所が二年で変わるから、引っ越しで捨てて買い直すつもりで、安いのにしたのだという。

今の人間関係なんて、そういう使い捨ての家具みたいなもんだよな、と思う。

昔の大人なんかは、「学生時代に一生の友達を作れ」とか知ったようなこと、言うけど。俺には、自分にそんな「一生の友達」なんて出来る気が、全くしなかった。

欲しいとも、思わなかった。

むしろ、一生もののコートとか家具や万年筆と同じように、一生ものの親友なんて、重くて嫌だし、作りたいとも思えなかった。友達も、ユニクロやＩＫＥＡみたいなのでいい、と思う。

好きな成瀬を傷つけ、いつか春日からもそのうち愛想をつかされるんだろう。

俺は、自分の内面がからっぽで、何も中身がないことを知っていた。

だから俺は、人と関わりたくなかった。

必要以上に仲良くなると、俺の中身のなさに気がつき、人が目の前からいなくなってしまうから、俺は誰とも関わりたくなんかなかった。

春日からたまに、ＬＩＮＥで写真が届いた。夏休みをエンジョイ中、テンション高めの彼女の写真が届いた。それを見て普通に「いいじゃん」と思った。春日には友達ができたようだった。よかった。俺と春日は、違う。春日のことが、なんだか俺には、少しだけ眩しく見えた。

仕方ないから、俺はスマホでネットゲームなんかして過ごした。朝から晩までゲーム。サバイバル、殺伐とした殺し合い、狙撃銃で見ず知らずのプレーヤーを狙い撃つ。顔も住所も年齢も性別も本名も知らない誰かと接してるときだけ、安心出来た。そんなことをしてたら、いつの間にか時間が過ぎていくからグッドだった。

とにかくそれくらい、俺の夏休みは暇だったのだ。

それで、暇だと人間、全くロクなことを考えない。

俺は成瀬にＬＩＮＥをしようと思った。

思ったはいいが、何をＬＩＮＥしていいかわからない。伝えたいこと、伝えるべきことが浮かばない。

仲直りしたい。

というのが俺の本心だったが、それをそのままストレートに送るわけにもいかない。

自分〉最近、何してるの？

二時間くらい考えて、それを送った。

既読は、つかなかった。

よせばいいのに、更に送った。

自分〉よかったら一緒に、花火でもしない？

考えた末にそれかよ、と思うと、自分の頭の悪さに絶望的な気持ちになった。送ってから、何も手がつかなくなった。すぐ、後悔した。送るんじゃなかった、と思った。胃が痛かった。チリチリと背筋が焦げていくような焦燥感に、脳みそが支配されていく。昼飯を食べていても落ち着かない。ＬＩＮＥの画面を何度も確認する。まさか、ブロックされてるんだろうか。フローリングの床に寝転び、「ＬＩＮＥ　ブロック　確認する方法」で検索した。それを読んでいるとき、短い返信がやっと来た。

成瀬〉ごめん。

成瀬〉今、忙しい。後で返信するね

届いてた。よかった。と、嬉しくなった。成瀬にブロックされていなかったことに、俺は安堵《あんど》した。

それから、でも、本当に忙しいんだろうか？　と思った。忙しくあってくれ。忙しくないのに忙しいと言われていたら、俺はショックで立ち直れないような気がした。

今頃、成瀬はテニス部の部活中だろう。真実なんて知る必要はなく、よせばいいのに俺は着替えて外に出た。一人で行く気になれなくて、立ち漕《たこ》ぎ自転車で、春日の家に寄った。インターホンを鳴らし、家の人に用件を告げると、ボサボサ頭のダサい春日がすぐに出てきた。

「……何？」

「暇だろ。遠くからこっそり、曽山の様子でも見に行ったりとかどう？」

「青木くん、どうせなんかクソみたいなこと企《たくら》んでるよね」

妙に勘が鋭い春日だったが「ちょっと中入って待ってて」リビングで待っていると、三十分ほどで綺麗な春日が出てきた。「遅い」「超特急で準備したのに」「いいから行くぞ」で、二人で学校に行く。テニス部のグラウンドから遠く離れた校舎の窓にスタンバり、持ってきていたオペラグラスを春日に手渡す。

「何これ。やっぱり、なんか変」

と春日は言いつつ、中を覗《のぞ》いた。俺も見る。よく見えた。テニス部は休憩中で、成瀬と曽山が笑いながら何か雑談しているシーンが、目に飛び込んできた。

「うわ。見たくなかった」

と春日は言ったが、俺はそれ以上に見たくなかった。

全然、忙しくない……じゃん…………。

ズドンと胃に響くショックを抱えて、俺は窓の下の校舎の白い壁にもたれてうずくまった。

「大丈夫……？　青木くん。壊れてない？」

「春日クン、俺たちは花火をしよう」

「へ？」

「俺は今猛烈に花火がしたい」


夜になるのを待って、俺たちはドンキで花火を買った。

そのままノリで、校舎の屋上に忍び込む。夏休み、夜も更けて、校内に残っている人間はいないように見える。きっと警備員のおじさんくらいだ。

「やっぱり、やめようよ。別にこんなとこで、わざわざやらなくても」

と春日はビビったことを言っていたが、俺は無視した。学校で花火をやるのが青春っぽい気がしたからで、別に花火なんてどこでやってもいいのだけど、そんなことを言い出したらそもそもわざわざバカみたいに花火をやる必要性なんてどこにもない。

こんなの気分だ、気分。

一気に手に持った七本に火をつける。シャワーみたいに激しく火花が散り、俺はそれを振り回した。

「ちょっと、危ないよ」

言いながら春日は、線香花火に火をつけた。

「いきなり線香花火って」

俺は思わず、ツッコミを入れた。「春日それ、中華で『とりあえず杏仁豆腐《アンニンどうふ》人数分』って頼むみたいなもんだぞ」

「え？　そうなの？」

春日は本当にビックリした、という感じで言った。

「私、考えたら誰かと花火なんてしたことないから、よくわかんない」

「もうちょい派手にやるもんだよ」

実のところ俺も、友達や彼女と花火、なんてイベントをクリアした記憶はさっぱりなく、それが正しい流儀なのか自信はなかったが、ドラマや漫画ではそんな感じだった気がする。

するとやがて春日は、買ってきた花火のパッケージの中にあった線香花火すべてに火をつけて「青木くんのまね」と言ってこっちを見た。

「線香花火大会」

線香花火がパチパチパチパチと音を立てて、春日の手の下で炸裂《さくれつ》していた。その光に照らされた春日の表情は、なんだか儚《はかな》く微笑んでいて、俺が俺じゃなくて曽山だったらいいのにな、と変なことを思わず考えた。

目を逸《そ》らすように春日に背を向け、何やってるんだろう、と我に返る。暗い夜の空を見ながら、ここにいるのが成瀬だったら、緊張して俺はキャラを取り繕うことに今頃必死なんだろうな、と考えた。その俺の内省を突き破るように、背後で爆発音がした。

見ると、打ち上げ花火だ。連発式の、頭の悪そうな打ち上げ花火が、空中に次々と炸裂していく。それに火をつけたらしい春日は何やら自慢げで、小さくピースサインをしていた。

「頭おかしいんじゃないの」

俺が呆れて呟いた次の瞬間、「お前ら、何やってるんだよ！」と怒声が飛んできた。校舎の下、グラウンドから、警備員のおじさんがこちらを睨んでいるのが見えた。そりゃそうなるよな。「おい、逃げるぞ」「うん」何故か嬉しそうに春日は返事をし、俺たちは水と花火の残骸の入ったバケツを持って、屋上を逃げ出した。

校舎の裏に止めてあった自転車に二人乗りして、走る。警備の人は、俺たちの姿を見失っているのか、追いかけてくる様子はなかった。

そのまま校門を出て、ゆるい下り坂を徐行する。

微温《びおん》の夜風が気持ちいい。

そのうち、後ろで、春日が笑い出した。

「バカみたいだね」

俺もそう思ったし、小さく笑った。

「私、青木と一緒だと、退屈しなくて楽しいよ」

そうかもしれない、と俺も思った。

そして無意味なまま終わった夏休みが明けて、二学期が始まった。

3

夏休み明け、成瀬の様子が、変だった。

何が変というわけじゃなく、ぱっと見、その変化はわかりにくい。でも俺には、彼女が調子を崩していることが、つぶさに見て取れた。

70。

成瀬のポイントが、4も下がっている。

どうしてだろう、心配になった。

教室の、離れた席から、彼女をじっと見る。

気になって、でも「どうしたの？」と聞くことも出来ない俺は、かわりに成瀬をじっと見た。

成瀬のポイントに意識を集中する。

睡眠不足による肌荒れ（-1）、バイトやめた（-1）、太った（-1）、リップクリーム忘れて唇がさがさ（-1）。

一体どうしたんだろう？

聞きたいけど、聞けない。

それで迷ったけど、結局、昼休みになるまで待ってから、成瀬に話しかけた。

「リップクリーム。唇荒れてるから」

昼休みコンビニで買った新品だった。

「青木って、細かいとこよく気がつくし、意外と優しいよね」

それは成瀬の前でいい人を演じてるだけなんだけどな、と思いながら「そう？」と俺は返事した。

「知ってる？」

成瀬はちょっと怒ったような口調で言った。

「教室で青木が自分から私に話しかけたの、これが初めて」

俺はちょっとバツが悪くなった。

「成瀬が調子悪そうだったたから」

「そっか」

成瀬はさっとリップを塗って、「あげるよ」と俺は言い、彼女から離れた。

「ありがと」

他に色々話したいことも聞きたいこともあったけど、俺はそれでとりあえず、満足だった。


「最近曽山、彼女と別れたらしいよ」

という噂がまことしやかに囁《ささや》かれ出《だ》したのは、それからすぐのことだった。

それを聞いて俺は、ってか曽山って彼女いたんだ、と思った。

「どういうこと？　曽山くん、彼女いないって青木言ってたのに」

その事実をもちろん、俺は春日に告げていたので、彼女もまたその噂に戸惑っていた。

「でも曽山の彼女って誰だったんだろうな？」

気になって、俺は探りを入れてみることにした。でも、クラスの他の連中も詳しくは知らないらしい。曽山が口止めしている、という話もあった。どうやら、彼はある種の秘密主義者らしい。

それで俺は、曽山本人に直接聞くことにして、昼休み、彼の姿を探した。でも、なかなか見つからない。

結局三十分くらい探し歩いて、曽山の姿を校舎裏で見かけた。

そのとき曽山は、俺の知らない男と口論していた。とてもじゃないけど、話しかけられる雰囲気じゃない。

遠くから、その様子を見ていた。

曽山が会話していたのは、冴えない感じの男子（44）だ。

やがて、44がポケットから財布を取り出し、曽山に紙幣を渡すのが見えた。

なんだろう。

曽山がそいつに軽く蹴り入れて、くるりと反転、俺の方にやってきた。

「青木、今の見た？」

話しかけられた。俺が何も言わないでいると、

「クラスの奴には内緒な」

と耳元で囁くように言い、俺の肩に手を軽く置いてから、曽山はそのまま行ってしまった。

曽山は、よくわかってる。

そういう話が広まって、自分がいじめっ子であるということを知られてしまうと、地味にポイントは下がるからだ。

そこでふと、俺は思った。

この話を、クラスで広めたら？

そうすれば、曽山のポイントが下がる。

すると、もしかすれば、春日とポイントが釣り合うようになるかもしれない。

そんな薄暗い考えを、俺はすぐ否定した。

ところで、俺はこのことを春日にだけは話すべきなんだろうか？　そっちの方は、もう少し、悩んだ。

でも結局、誰にも言わないことにした。

俺にとって悪い人間に見えても、春日にとって善人に見えるならそれでいい気がした。誰かにとっての悪人が、別の誰かにとっては善人であるなんてことは、よくあることだ。それについて、春日に何か言う必要なんか、どこにもない。

それからふと、自分のことに問題意識が移った。

俺だって、今のままじゃ、成瀬とポイントが釣り合う可能性なんてゼロなのだ。

ぼんやりした頭で、授業中、ノートに「成瀬のポイントを下げる方法」と書いた。

自分の中の、酷い考えを、ノートに書き出していく。

成瀬の点数が下がるように、教科書を隠す？　先生に、怒られるように。

今度二学期の体育祭で、成瀬がリレーで失敗すれば。きっとちょっとポイントが下がるかもしれない。みんな口では「気にしないで」とか言いつつ。靴紐《くつひも》に細工しとくとか？

成瀬を陥れるアイデアを俺は、いつものノートに書いてみた。

本気でやろうとしたわけじゃない。

それから、一通り書いた後、消しゴムで全部消した。真っ白になるまで、強く力を入れて、ゴシゴシこすって消していった。

「私、曽山くんに告白しようかな」

いつもの放課後、俺の部屋で二人で一緒にいるとき、春日がそう言った。

「なんで？」

俺の部屋は、西日が眩しい。目を細めながら、俺は春日の顔を見た。

「だって、恋人と別れたってチャンスかも」

俺はちょっと迷った。

春日のポイントは、驚くことに、今では59になっていた。結構、高い。

クラスでも、上位だと思う。実際、春日いいよねとか、男子だけのとき、話題に上ることすらあった。それを聞いてる俺は、なんだかシュールな気分だったけど。

春日すごいな、と俺は正直思ってる。

だけどそれでも、春日が曽山に告白しても、成功する気があんまりしない。

もっとポイントが上がるのを待ってから告白した方がいいんじゃないか、そんな考えが当然、浮かんだ。

でも俺は、それを言う気になれなかった。

まず第一、これから春日がいくら努力をしたところで、二人のポイントが釣り合うようなことはないような気がしたからだ。そんなのは、それこそ曽山のポイントが下がりでもしない限り、無理な話だ。

それに、もう一つ。

春日に、曽山と付き合ってほしくないと思っている自分がいた。

そんな自分が驚きだった。

どうしてそんなことを考えるようになったのか、自分でも謎だ。

理路整然と、思考の流れを説明できない。

ただ、自分の中のモヤモヤした気持ちが、なんとなく嫌、と結論だけを告げていた。

「いいと思うよ。告白」

俺があっさりそう言うと、春日は、拍子抜けしたような、驚いたような顔で俺を見た。

「いいの？」

「いいんじゃない。春日も、もう十分、ポイントが上がったし。もしかしたら、うまくいくかもしれないよな。応援してる」

そう一息に、俺は心にもないことを春日に言った。そう言ったあとで、俺はもしかしたら、結構嫌な奴なのかもしれない、と思った。

4

で、翌日放課後。

本当に春日は、曽山に告白、するらしい。

妙に気合いの入ったワンピースで、その姿を見て思わず、笑いそうになる。

春日は、変わった。俺は何も変わってないからこそ、一緒にいると、春日の変化がより大きく感じられてしまう。

俺は、カッコ悪い。春日の方が健全だ。曽山に会いに行くと俺に告げ、教室を出た彼女の後ろ姿を見ながら、そう思った。

だって、そうだろう?

誰が見たって俺は小者で小心者で、まるで、物語の脇役《チョイやく》だ。

ずっとそういう人生を、これからも送り続けるかと思うと、うんざりだった。

そんなことを考えながら、俺は放課後の教室で、硬い木の椅子に深くもたれて、春日が帰ってくるのを待っていた。黒板の上、白い時計の秒針が時を刻んでいく。重心を後ろにずらして、椅子の二本の脚だけで、不安定に揺れる。教室の床が、寂しい音を立てて鳴った。どこか遠くの廊下で、生徒の笑い声がしていた。ため息が自然に、漏れてしまう。夏なのに凍えそうなくらい、孤独だと思った。

教室のスライドドアが引かれる音がした。

「ダメだった」

春日が、帰ってきた。

どう声をかけていいのか、わからなくて困った。

春日はちょっと、泣いていた。

体を預けるように、俺に向かって突っ込んできた。

不意に少し、ドキッとしてしまう。

こんなに無防備でこいつ、大丈夫なんだろうか、と思った。

俺だって男だし、異性のハズなんだけど。

そのまま、春日が泣き止《なや》むまで、俺は待った。

「なんか俺さ」

でも俺は、そんな風に、自分の身の程を知らずに、体当たりしていける春日が、ちょっとだけ、うらやましい気がした。

「俺も本当は、春日みたいになりたいよ」

「じゃあ、なる?」

いつの間にか泣き止んでいた春日が、急に顔を上げ、俺をじっと見た。

「へ?」

「約束、忘れたの? 一緒に告白するって。青木、言ってた」

「そりゃ、言ったけど」

「だから、私の次、青木が告白する番」

春日は俺の腕を強い力でつかんだ。有無を言わせぬ調子で、俺はされるがままになる。

「行こう」

春日は、俺の腕を引っ張っていった。階段を降り、地下の学食を通り抜けると、やがて生協の建物前にある、ベンチにたどり着いた。そこは、女子のテニス部がよく駄弁っている場所だった。

だから、成瀬がいた。一人だった。

「成瀬さん」

春日が、話しかける。びっくりしたように、成瀬がこっちを見た。

「青木くんが、話があるって」

俺が戸惑っているのと同じくらい、成瀬も困ったような顔をしていた。

「どうしても伝えたい、話したいこと、あるって」

「……何？」

成瀬の声はどことなく不機嫌で、俺は怯《ひる》んだ。それから成瀬は、視線をゆっくり、俺だけに向けた。何？　と、もう一度言うみたいに。

「いや、別に」なんて言うつもりじゃなかったのに、咄嗟《とっさ》に言葉が、出てこなかった。

「あのさ。ふざけてるだけだったら」

「待って」

他人事なのに春日は、切迫した声で成瀬に食い下がった。

「ちゃんと聞いてあげないと、青木くん、この人一生ゾンビみたいな感じのままリビングデッドだから」

春日の目に映る近頃の俺は、そんな感じに見えていたらしかった。

「だから、何？　言いたいことあるなら、早く言って」

そう促してくる成瀬の顔を見て、俺はようやく、覚悟を決めた。

「俺、成瀬のことが好きだったんだよね。だから、それで変になっちゃって。多分、薄々察してたと思うけど。自分が釣り合わないとか、成瀬と俺じゃダメだとか、わかってるから。別に、付き合ってほしいとか、そんなんじゃなくて。憧れみたいな。だからまた、たまに普通に話せたらいいなって。それだけ、なんだけどさ」

「私、違うから」

成瀬の声が、震えていた。

何が起きているんだろう?

俺はそれが、自分の身に降りかかっていることだという感覚が希薄なまま、ただぼーっと、目の前の成瀬を眺めていた。

「青木が勝手に妄想の中でそうやって、誰と誰が釣り合うとか釣り合わないとか、痛いとか決めてるだけじゃん。でも私って現実でしょ。青木の妄想の中の理想の女子とかじゃないじゃん。生きてて内面があって傷ついて今も生きてるじゃん。わからない?」

俺には、わからなかった。成瀬が、何を言いたいのか。

「成瀬、ごめん」

「何がごめんなのかもわかってないのに、とりあえずで謝るのやめてよ。わかってないのに、わかったフリしないで」

成瀬の台詞は、まるで頰に爪を立ててるみたいに、強く痛く残った。

「成瀬、俺、全然今までわからなくて聞けなかったことある」

「何？」

「成瀬、なんで少女漫画が好きって嘘ついたの？」

「そんなこともわからないんだ」

成瀬は、くしゃっと顔を歪めた。

「おかしいよ。こんなの」

「何が？」

「私、好きになる人、まちがえた気がする」

それを最後に、成瀬は行ってしまった。

「成瀬が」なんだそれ。「俺を」意味がわからなさすぎる。

不条理だ。

「今、好きって言ってた？」

春日は「言ってたね」と確かめるように言った。

とりあえず、落ち着くために俺は一旦、生協前の自販機でパックのバナナミルクを買った。二つ買って、春日にも渡した。

それから二人で、校舎の外壁にもたれながらそれを黙って飲んだ。

「ゲロ甘い」

と春日は顔をしかめてベロを出して言った。

第五話

1

うちの台所の床下には酒があって、それを春日と二人で拝借した。気分は泥棒、両手に缶チューハイ（ストロングゼロ）を持って、「でもさすがに家では飲めないね」となり、近くの公園に行った。

雨上がりの、砂がぬかるんだ公園、ベンチに溜《た》まった水滴を春日がハンカチで拭いて、二人で並んで座る。

「おつかれさまだね」

二人で乾杯、チューハイを胃に流し込む。

「まぁ、フラれたくらいで。死ぬわけじゃないし」

「世界が終わるわけじゃあるまいしね」

深夜の公園、誰もいない、警察が来れば補導されるかもしれないけど、とくにそんな様子もない。

「でも私、意外に楽しかったよ。なんか最近、充実してた」

「そうだな」

俺はこれまでの、春日との数ヶ月を思い出していた。それにも、一区切りがついた、ということなんだと思う。

「これで春日とこうして会うのも最後かと思うと、色々感慨深いよな」

「え。そうなの？」

春日が、ちょっと驚いたように言った。

「だって、俺たちの関係って、あくまでポイントを上げて、告白するまでの関係だったろ。だから、もう会う理由もない」

「そっか」

春日は手元の缶チューハイを飲み干した。顔が赤かった。

「まぁ、青木がそう言うなら、そうかな」

「最後だし、盛大に飲もうぜ。しんみりやると、色々尾を引きそう」

「了解」

それからは、ちょっと酷かった。春日は「ちょっと見て。私、側転が地味にうまい」と言い出し、手が汚れるのもかまわず無限に側転をしながら酒を飲み続け、そのうちそれに疲れると「幸せカップル全員死ね」と虚《うつ》ろな目で呟きながら、ハイペースで酒をあおり続けた。「恋愛なんかしなくても人は生きていける」「どうせ核ミサイルが落ちてきたら恋愛なんて無意味」「恋愛なんかせずに勉強しろ」「学生の本分は勉強だろ」とブツブツ呟いてるうち、電池が切れたロボットのように急におとなしくなり、寝入ってしまった。

「おい、春日。寝るな」

聞いちゃいないで春日はベンチで眠り、さすがに置いては帰れない。しばらく起こす気にもなれなくて、春日の様子を見てるうちに、俺はふと、変な気持ちになった。でも、ダメだ。目を閉じてその気持ちを抑えているうちに、俺の方まで一瞬、寝てしまった。

その次に、ふっと、唇に柔らかい感触があって、俺は驚いて目を開けた。すぐ目の前、息がかかるくらい近くに、春日の顔があった。

「青木。起きて。帰るよ」

突然のことに、俺は上手くリアクションが取れないで、「おい。今、何して」とだけ言った。

「だって、何しても起きないから」

と言う春日は、もう俺に背を向けて、数メートル先を歩き出していて、だから彼女の顔は窺《うかが》えない。

「ほら、行くよ。早く」

俺は、それ以上問い詰めるのが面倒臭くなって、彼女の後をただ淡々と追いかけた。

公園のライトはいつの間にか消えていて、本当に真っ暗な夜だった。

ふいに、言ってしまおうか、という気になった。

そんな気になった自分に、俺は驚いた。

人として、ぬるくなってたんだと思う。

いつも人といるとき微妙に張り詰めてた緊張感みたいなのが解けていて、つい、言いたくなってしまった。春日になら、別に言ってもかまわない気がした。

もしかしたら、信じてくれるかもしれない。

「俺、実は見えるんだよ、ポイント」

「ん？　何が？」

「だから、今まで俺が考えて、人に勝手にポイントをつけてるみたいに言ってたけど、実は違くて、本当に見えるんだよ。ポイント。頭に浮かんでるんだ。お前のポイントも、誰のポイントも、全部」

「へー…………」

沈黙が流れた。悠久のように時は流れて、やがて春日は、再び口を開いた。

「じゃあ、私、今日は帰るね」

「信じてないだろ」

「そりゃね。マジで言ってるなら、青木、病院行った方がいいよ」

春日は帰り際、呆れたようにそう言った。

行ってるのだ、病院は。

2

誰にでも、会いたくない人物というのがいると思う。

顔をよく知っていて、その人のある部分を嫌悪しているから、顔を合わせたくない。

例えば俺にとって、コウちゃんがそうだ。

そのよくあるパターンとは別に、見ず知らず、一度も話したことなく、顔も知らないのに、それでも会いたくない、という場合がある。

俺にとってそれは、姉の結婚相手だった。

家に帰ってきて、見慣れない革靴があったので、俺は回れ右してどこか夜の散歩にでも出かけようか迷った。でも、玄関のドアを開けた音でもう家族には気づかれていて、いつもいつもそんなことを言うわけではないのに、その日姉はわざわざ玄関先まで出てきて俺に「おかえり」と言った。

「彼氏来てるの？」

知らない男の声が、居間から聞こえてくる。それはやっぱり、なんだか気味が悪い。

「直人、ちゃんと挨拶してよ？」

居間に入ると、こちらより先に「はじめまして」と言ってわざわざ席から立ち上がり、高校生の俺に丁寧に挨拶をしてきたその男は、妙に自信に満ちた顔をしていた。ポイント、68。姉にしてはまずまず上出来だと思う。

姉の新しい彼氏は、ＩＴ企業に勤めているらしい。若くして、既に取締役《とりしまりやく》なんだとか。よくわからないけどすごいんだろう、多分。正直ぱっと見、顔はあまりいいとは言えない。なのに68もポイントがあるんだから、きっとそれ以外が全部、優れているのだろう。このあたりで手を打っとくのが良さそうだ。

両親も姉も機嫌良さそうに笑っていて、なんだか、この男の前で、幸せな家族を演じているような感じだった。

　こういうとき、昔のコウちゃんならどうするんだろう、と俺は益体《やくたい》もないことを考えた。当時のコウちゃんが子供の俺にやってみせたみたいに、腕を十字に重ねたら本当にビームが出て、この憂鬱な景色全部を焼き払えたらいいのに。

「すみません、ちょっと仕事の電話で」

　と言って、姉の彼氏が食卓を中座した。もうほとんどみんな食べ終えていたから、とくに問題はなかった。

「いい感じの人ね」

　と母は言い、父も姉も同調するように頷いた。そして俺もそう思った。ただむしろ、冴えない感じの人であってくれたら良かったのにと、俺は随分こじらせたことを思った。

　さっさと自分の部屋に引っ込もうと、廊下に出たら、姉の彼氏が何やらきつい調子で電話をしていた。口調は穏やかだが、冷たい言葉で、電話の相手を叱責している。その冷たさがいつか、姉に向く日が来るんだろうか。

　俺と目が合うと、姉の彼氏は穏やかに笑い、しばらくして電話を切った。

　それから彼は、俺に向かって、「使えない奴ばっかりでさ」と言った。その言い方は、何故かちょっと嬉しそうで、俺はこの人のことがあまり好きではないなと正直思った。

3

昼休みスマホの画面、YouTubeで何故か、クリスティアーノ・ロナウドが絶好のチャンスでシュートをひたすら外し続ける動画を延々ぼーっと見ていた俺は、ふと思った。そう、これがまさに、先日の俺。

どうしてこんなことに。

両想い、だったハズなのに。

ここまでのチャンスをダメにするとなると、俺は本当に人と付き合ったりとか、そういうことのないまま、一生を終えるんじゃないのか。その危険性があると思った。このままだと、俺は一生、彼女がいない人になる。それもいいかもだけど、孤独な人生だ。

そんな風に孤独な人生を続けていった先に、一体何が待っているんだろう?

何も待ってないんだろう。

漠然とした、対人関係の不安が常にあった。

あれから春日とは、あまり口を利いていない。個人的な話は一切ない。

たまに放課後、春日に話しかけそうになる自分に気づき、慌てて我に返ったりする。

春日は、自分と同じくらいのポイントの奴と、上手く自然に雑談していた。普通に高校生がやれてるようで良かった、と思う。

あの夜の公園で、距離を置こうと言ったのは俺だけど。今の、ほとんど他人みたいな距離が適切なのかわからない。

そんな感じで、少し寂しいような、でもせいせいしたような微妙な気持ちのまま過ごしてたら、ある夜、急に春日からＬＩＮＥがきた。

春日〉ちょっと、相談したい
すぐ既読をつけたことを、ちょっと後悔する。まるで春日からのＬＩＮＥを待ってたみたいだからだ。そのせいで、すぐに返事しづらかった。そのままメッセージを返しそびれてるうちに、返信のタイミングを逸してしまっている自分に気づいた。いくらなんでも、一週間以上過ぎてから返信するのはちょっと変だ。

最初そんな気はなかったのに、俺は春日のＬＩＮＥを無視していた。

ＬＩＮＥ一つでも、気を抜くとすぐにミスをしてしまう。

その日、教室に到着し、なんとなく最初、成瀬の姿を目で探した。でも、どうしてか、いない。欠席？

ところが、担任教師がやって来て出席を取り始めると、「成瀬」と呼ばれて、「はい」と返事をした奴がいた。

俺は視線を、声の方に向ける。

別人が、そこにいた。

59。

成瀬のポイントは、信じられないくらいに落ちていた。

これまで薄く化粧してたのが今はノーメイク、髪は黒くなっていて、ボサボサの髪の毛。

瓶底眼鏡に、辛子色のカーディガン、色褪《いろあ》せた花柄スカートに、ババくさい薄ベージュのシャツ、おまけにベレー帽をかぶっている。なんなんだよ、手塚治虫《てづかおさむ》かよ、と思う。

ホームルームが終わるなり、俺はその漫画の神様に話しかけた。

「成瀬……………？」

「はい。何でしょうか」

「いや、キャラがおかしい」

ストレートに俺は言った。

「高校逆デビューをしているのです」

聞いたことのない新ワードだった。彼女の造語かもしれない。

「成瀬さんはこのたびどうしてですね、逆デビューをしようというお考えに至られることになられたのでしょうか……」思わず新米インタビュアー調になりながら俺はそう聞いた。

「別に。なんとなくの的なイメチェンですけど」

その成瀬のイメチェンは、俺にはなかなか、衝撃だった。

春日にLINEで「もしかして成瀬のあれ、俺のせい？」と送りたくなる。それから急に冷静になって、やっぱりやめた。

俺が話しかけるべき相手は春日ではなくて、成瀬なのだ。

それで翌日俺はというと、「さりげない話しかけ方のレパートリー貧困問題」に直面していた。

なんとなく自然に、成瀬と話す感じになりたい。そして、どうして容姿に気を使わなくなったのかとか、そういうことも色々聞きたい。

　昼休み、じっと成瀬の様子を窺いながら、俺は考えた。

　しかし思うんだけど、普通、正常な人は一体どうやってさりげない話をしてるんだろう？　考えれば考えるほどにこれはドツボだと思いつつ、俺はあくまで悩んでいた。

「昨日のニュース見た？」とか、どうだろう。でも肝心の昨日のニュースを俺自身がよく知らない。スマホでネットのニュースを見る。暗いニュースばかりで「昨日の違法献金のニュース見た？　俺も一度でいいから贈収賄《ぞうしゅうわい》したいよ」はちょっと変だ。

　もっと身近な話題、ないのか。クラスの話題とか。何かあったっけ。テストの話題とか。今度の物理の試験範囲もう覚えた？　水兵リーベー僕の船のリーベーって誰よ？　どうでも良すぎる。さっきネットで調べたんだけどあれドイツ語で「愛してる」って意味らしいよ、まぁ俺も成瀬を愛してるけどね（キリッ）。マジでキモいな。

「あのさ、青木。さっきから、何？」

　呆れたような成瀬の声がして、俺は超焦った。成瀬の方から話しかけてくる想定をしてなかった。

「え？　いや別に。な、何か用？」

「そっちがガン見してくるからでしょ、さっきから。何なの？」

「あ、そうそう。水平リー」

「今、ものすごくどうでもいい話して誤魔化そうとしてるでしょ」

一瞬で万策尽き、俺は無言になった。

周囲を見ると、クラスメイトが、俺と成瀬の様子をじっと見ていた。成瀬は目立つキャラだ。俺のような微妙な陰キャと話してるとなると、それはそれはより一層、目立ってしまう。考えすぎかも、だけど、つらい。

「ちょっとここじゃ嫌だな」

だからまた、そう、視聴覚室だ、あそこ行こう、そう言いかけた俺に、

「じゃ、放課後、カラオケでも行く？」

と成瀬が言った。

「へ？」

俺がどうしようもなく間の抜けたリアクションを返すと、

「何。嫌なら行かなくていい」

と成瀬は憮然《ぶぜん》として言った。

「お、おう。行きたい。行こうぜ」

不安と緊張、混乱と期待が、俺の心拍数を上げていく。「じゃ、それで」成瀬は自

分の席に戻っていった。

それから午後の授業中、放課後が来るまで、俺は落ち着かなくて、ずっと携帯でゲームをしていた。

4

そして放課後、学校近くのカラオケルームに俺たちは来ていた。

「ちょっと、ヤバい」

その事実に先に気づいたのは、成瀬だった。

「なんだよ」

そのとき俺たちはまだ部屋に入ったばかりで、一曲も歌っていなかった。

そのカラオケはセルフだったので、成瀬は飲み物を取りに行ったのだけど、そのときたまたま、隣の部屋の様子が目に入ったらしい。

「なんか、隣の部屋がヤバめ」

「へー」と言いつつ、俺がタッチパネルのリモコンで曲を入れようとしたら、「歌ってる場合じゃないし」と成瀬は、俺の腕を引っ張った。

「いや、どうしたの？」

「いいから、来てよ」

成瀬に引っ張られて廊下に出た。成瀬は人差し指を俺の唇に押し当てて「しーっ」と言った。俺は意味もわからずに、とりあえず黙った。そして、成瀬に促されるまま、ガラスドアから、横の部屋を覗き込む。

まず、筋肉質の男の姿が、視界に入った。

「筋肉しか見えない。何？　回りくどいフェティシズムの告白？」と成瀬に言うと、彼女は耳元で「ちゃんと見て」と囁いた。

言われたので仕方なく、更に目を凝らして見る。

よく見ると、その筋肉には顔がついていた。

曽山だ。

「曽山だな。でもそれが……どうした？」

学校近くのカラオケだから、別に曽山がいても、不思議じゃない。

「もう一人、いるでしょ」

言われて見ると、女子がいる。誰だ？　ガラスドアだけど、微妙に磨《す》りガラスとかが混じってて、顔がよく見えない。と、その女が席を立った。「ヤバみ」「退散」俺らは一旦、自分の部屋に引っ込んだ。そして室内から、外の廊下を窺う。

隣から出てきたのは、春日だった。

ガラス張りのドア一枚隔てた向こうを、見慣れた春日の顔が通り過ぎていった。

「どういうこと？」すぐそばにあった成瀬の顔に、自分の動揺をぶつける。

「いや、私に聞かれてもわかんないけど」

「だよな」

「ってか青木、顔近い」

「……ごめん」

俺は慌てて上半身を反らした。

「ただ、なんか……ラブじゃん？」

「ラブかな」

「ラブでしょ」

確かにさっき、春日と曽山の距離感は、妙に近かったような……気がする。

「で、どうするの？」

と、成瀬が俺に聞いてきた。

「どうするって言われても……」

どうもこうもそもそも、春日は曽山のことが好きだったんだから。冷静に考えればそれは、いいことなんだろう。多分。

「俺、関係ないし」

「ならいいけど」

成瀬はビニールレザーのソファに深めに腰掛けた。「曲、入れなよ」そんな気になれない。実際は全然、モヤモヤしていた。そんな俺の落ちてるテンションを変えるためか、成瀬が焦れたように言った。

「じゃさ、二人でカラオケバトルしようよ。負けたら、勝った方の言うこと、一つだけ聞くこと」

それで、俺から先に歌った。よく考えたら、成瀬と歌の趣味が合うのか、いまいちわからない。俺はちょっとマイナーなロックが好きだったが、成瀬が知ってるかどうか、自信がなかった。だから、ヒットチャートでよく見る、好きでも何でもないバンドの、どちらかというと嫌いな曲を入れた。ヒットした曲だったからだ。俺はそういう曲も歌えるように、一応準備している。クラスの連中などと歌いに来たときに、雰囲気を崩さないためだけに。

音程を外さないかだけを気にしながら歌い、歌い終えると、採点が出た。82点。ほどほどの点数だった。ただ、こんなとこに来てまでポイントに左右されるのかと思うと、少し息苦しい気分になってくる。

「私、好きな曲歌っていい？」

成瀬が入れたのは、少し昔の曲だった。みんなが知っているかというと、それは怪しい。「これ、青木の歌だね」間奏の合間に成瀬が言う。グジグジと悩む男の歌だった。暗くて激しい。男のボーカルの歌。

今頃、曽山と春日は何の話をしているんだろう？　やっぱり、そんなことが、ちょっと気になってしまう。

成瀬の歌い方は、曲にハマっていた。というか、こんなに歌、上手かったんだ、とビックリした。ちょっと引いてしまうくらい、上手い。点数を見るまでもなく、成瀬の勝ちだった。

成瀬がマイクを置き、室内が明るくなった。点数は94。

「成瀬、歌うますぎ」

「昔、バンドやろうと思ってさ。本当は軽音楽部に入りたかったんだよね。見学とか行ってて。新入生ボーカルの、オーディション課題曲だったの。で、練習してた」

「でも成瀬、テニス部入ってたろ」

「掛け持ちでやろうかなって思ってた。でも、バンドはやめちゃった。そういう情熱ってすぐ冷めるじゃん。別に、って感じ」

俺には、たった一時期でも、何かに打ち込んだ成瀬が、自分より遥《はる》かに上等な人間に見えていた。俺なんか、何にも一つも打ち込んだことがない。俺が熱中したことと言えば……春日のポイントを上げることくらいだったかもしれない。

「成瀬の勝ちだから。いいよ、何でも好きなこと」

俺がそう言うと、成瀬は、じっと考え込んだ。そんな風にされると、こっちとしてもつい、身構えてしまう。「あんまり金のかかることはナシな」と俺は慌てて付け加えた。

成瀬は、俺の方をじっと見ながら、ゆっくり顔を近づけて来た。空気が変だった。睨むような顔だった。そのうち彼女の顔が近づきすぎるくらい俺に近づき。

そして、唇と唇が触れた。

「…………」

「…………」

今の、何？　何が起きた？

「……私、先帰るね」

成瀬は、すっと自分の鞄をひっつかみ、逃げるように部屋を出ていった。

後に残ったのは、俺だけ。

手元のマイクを口元に近づけて、「何なんだよ一体！」とシャウトしてみた。それから遅れて、そんなことしてたら隣の曽山たちに気づかれてしまう、と思った。

隣で二人はもしかして、さっきの俺と成瀬と同じことを、してたりするんだろうか。

そんなこと、考えてもしょうがないんだけど。

成瀬が出ていき、一人カラオケをする気にもなれなかった。だから俺は帰ろうと思った。力なく、伝票を手に取る。

そういえば、成瀬は会計を忘れていった。

まぁ、それはいい。

問題は、俺が財布の中を確認すると、中に小銭しか入っていなかったことだった。

どうしよう。

お金足りない。

俺はひとしきりため息をつき、もろもろ凹んだあと、携帯を開いた。それから、春日にＬＩＮＥしようとした。文字を入力した。

〉今すぐ金貨して

そのＬＩＮＥを、俺は結局送れなかった。
すぐ隣にいるのに、今までずっとそばにいたのに、まるで外国にいるみたいに春日は遠かった。

5

結局、姉にカラオケまで助けに来てもらい、なんとか帰宅、ベッドに横になってＬＩＮＥを開いた。迷ったけど、そのまま眠れそうにない。成瀬に、メッセージを送った。
自分〉今日のあれ、何？
寝返りを打ち、天井を眺める。俺は何をやってるんだろう、と思う。
成瀬〉……別に
自分〉「別に」でキスしないだろ
成瀬〉そんなの
成瀬〉聞かないでよ
わからない。どう打てばいいのか。難しい。でも、時間がかかりすぎて、こいつ悩んで打ってるなと思われるのが嫌で、とりあえず送る。
自分〉本当は今日、もっと別の話、しようと思ってた
成瀬〉何の話？
自分〉だから
自分〉最近なんか見た目変じゃない？
成瀬〉私がどんな見た目しようが勝手じゃん
成瀬〉だよね？
自分〉いや、絶対変だろ。何で急にイメチェンしたの
成瀬〉……
成瀬〉なんか
成瀬〉その方が青木の好みかもって。寄せた
そこまでやり取りしたとき、何故か唐突に、春日からＬＩＮＥが来た。
春日〉あのさー
とくに大した用事もなさそうだから、未読のままスルーする。
そのまま、成瀬との会話を続ける。

自分〉意味わからない
成瀬〉だから、ちょっと地味な見た目とか
成瀬〉鈍臭い感じくらいの方がいいかなって
自分〉それって
自分〉わざと、自分を下げたってこと？
成瀬〉わかんないよ
成瀬〉全然わかんない
成瀬〉しんどい
成瀬〉青木、私にどうしてほしい？
自分〉どうして、って……
情緒不安定にさせてるのは俺？　こういうとき、模範解答って何だっけ。
自分〉成瀬が自分らしくいてくれたら、それでいいよ
成瀬〉そんなさ

春日〉ねー

春日ちょっと黙って。

成瀬〉自分らしくの自分とか別にないよ
成瀬〉今日雑誌で「小物遣いで自分らしさをプラス」って書いてあったけど
成瀬〉あれやればいい？
成瀬〉ごめん、もういい
え、面倒臭い。と正直少し引いてる自分がいた。
成瀬、こんな感じなんだっけ？

春日〉ちょっと!!

自分〉何がもういいの？
成瀬〉青木、面倒臭い
俺？　俺が面倒臭いの？　なんで？
いや、でも俺も、確かに面倒臭いのかもしれない。
成瀬〉なんか言ってよ

〉何言えばいいのかわかんないんだって！

（→送れない）

春日、混乱するからやめて。諦めて。

春日〉無視しないでよー！

成瀬〉……でも今日、カラオケ楽しかった
自分〉そう？

成瀬〉またどっか一緒に行こうよ
自分〉いいよ。どこ行く？

そう打ってから、今のミスかな、自分でどこ行きたいか言うべきだったろうか、と思う。でも、もう既読がついていた。

放置していた春日からは、まだしつこく断続的に、ＬＩＮＥのメッセージがき続けていた。

舌打ちして、春日とのＬＩＮＥを開く。お前は曽山とカラオケしてたんだからいいだろ、と思う。ハッピーじゃん。勝手に幸せになってろ。

自分〉なんだよ
自分〉今、忙しいんだって
春日〉ちょっとまずいことに
自分〉はあ？
自分〉なんだよ
自分〉いや、早く言えって

微妙に緊迫したやり取りになってきた春日との会話中、今度は成瀬からメッセージが届く。

成瀬〉青木、どこ行きたい？
自分〉成瀬の行きたいとこでいい
成瀬〉そうじゃなくて
成瀬〉なんでも私に決めさせないでよ

こうなると、春日の画面と成瀬の画面を行き来しながら、メッセージを送ることになる。妙に忙《せわ》しないし、脳が軽く混乱してくる。
自分〉おい、今どこにいるの？
春日〉公園
自分〉公園だけじゃわかんない
春日〉こないだ青木と飲んだ公園
自分〉何に困ってるの？
春日〉自分の気持ち
自分〉なんだそれ。ウルトラ面倒臭いぞ
成瀬由来の面倒臭いと春日由来のそれが掛け合わさって面倒臭いの二乗になって、俺の脳内はそろそろキャパシティをオーバーしそうだった。
意味がわからないけど、もしかしたら……いや、もしかせずとも、それは曽山のことなんだろう。きっと。俺は反応すべきだろうか？　それとも、無視を続けるべき？
誰かに相談したいような気分だった。でも、俺には相談相手なんていない。試しにSiriに相談してみた。「俺は春日にどうリアクションしたらいいと思う？」「すみません、よくわかりません」つれない。

成瀬〉いいよ
成瀬〉じゃ、明日うち来れば
自分〉あ、うん
成瀬〉じゃ、またそのときに続き話そ
成瀬との会話がそこで一旦終わって、ホッとしてる自分がいた。
春日〉とにかく青木、止めて
自分〉だから、何を
春日〉私の
春日〉貧困な語彙で
春日〉説明が難しいの
春日〉とにかく
春日〉た
春日〉す
春日〉け
春日〉て

なんなんだよマジで。いい加減にしてくれ。

携帯を部屋の隅に投げて、ベッドに顔をつけて、うつ伏せになる。

無視しよう。

面倒臭い。

無視だ無視。

俺は無視するぞ。

夜だし。もう風呂入った後だし。歯も磨いたし。あとは寝るだけ。外に出たくない。

明日は成瀬と会うんだし。さっさと寝よう。それに。春日とは、もうあまり親しくしない方がいい。なんとなくやっぱり、そう思う。

ひとしきり、行かない言い訳を考えた。

結局気になって、ベッドから立ち上がった。

他人と関わると、面倒臭いことばかり増えていく。

サンダルをつっかけて、外に出た。

助けてってなんだよ。嫌な感じ。

早歩きで公園に向かいながら、俺は、少し変な感覚を覚えていた。

体調が悪いんだろうか。やっぱり寝てればよかった。なんだろう。何かが、気持ち悪い。

ちょっと汗ばむくらいに、足を早く動かして歩く。眠気を振り払おうとして。

違和感があった。何かが変だった。自分の中の感覚がおかしかった。

それは、春日のＬＩＮＥのせいだけじゃない。

自分が自分じゃないような、変な感覚。落ち着かない。

横断歩道の向こう側で、コンビニのライトが光ってて眩しい。

幹線道路を走る車のエンジンの音が、何かの意味を持った前衛的なノイズ音楽に聞こえてくる。でもその意味は永遠に自分には解けない、そんな気がしてしまう。

信号が青から赤に替わり、立ち止まる。

そういうとき、たまに思う。自分の頭はもしかして、だんだん、おかしくなり始めてるんじゃないのか、そんなことを思う。それはもう部分的には事実だけど、もっとものすごく自分が、全体的におかしくなっていくんじゃないかって気がしてくる。

俺は一体、何歳まで生きるつもりなんだろう。このまま続けるなら、何をどうしたって地獄じゃないか。いや。繊細ぶって思い詰めるフリするのやめろよ、と自分に思う。

悩みたくない。悩まずに済むクスリがあればいいのに。

公園はすぐそこ。

信号が青になり、走った。

何かが、おかしくなり始めている。

公園の入り口で止まって、息を整えながら、中を見た。

春日と、曽山がいる。

二人は、ベンチで向かい合っていた。

いい雰囲気だ。

一体俺は何をやってるんだろう？　春日はなんで、ここに俺を呼んだんだろう。いい雰囲気じゃないか。勝手にすればいい。実際、この雰囲気で割って入るなんて、無理だ。

そして、俺は見た。

みんなは、見たことがあるだろうか？

自分の親しい人間、例えば友達なんかが、キスをしているところを。

俺は、見た。

すごく、複雑な気分だった。

そしてそれと同時に、俺は、さっき家を出たときからずっと感じ続けていた違和感の正体に、かなり遅れて気がついた。

ポイントが、見えなくなっている。

二人のポイントが、俺には全然見えなかった。

第六話

朝起きてすぐ、洗面所の鏡で自分の顔を見た。
やっぱり、なかった。
ポイントが、見えない。
始まりは突然、それと同じく、終わりも突然だった。
今までずっと見えていたから、違和感がすごい。
「やった」
俺は思わず、独り言を漏らしていた。
ずっと苦しんでたポイントから、俺はついに解放された。
そうだよ。喜ぶべきことじゃないか。
ずっと、ポイントなんて見えなくなってほしい、と思ってたのだ。
今まで、なんか知らないけど、つらかったよ。
ポイントなんて、見えなくていい。今まで、ポイントが見えて良かったと思うこと
なんて、そんなになかった。

クリアな視界。

なのにいまいち清々しい気分になれないのはどうしてだろう。まだポイントが見えない状態に、慣れてないだけだろうか。

教室に行っても、誰のポイントも見えない。ただただノーマルな世界がそこにあった。

「なんで昨日、来なかったの」

春日の声がして、ビクッとした。

振り返ると、幽霊みたいな表情の春日がそこにいた。真っ白で、唇はチアノーゼみたいに紫色。なんだよその顔、と思うけど言えない。本当は行ったよ、も言えなかった。

「ごめん。でも」良かったじゃん。曽山のこと好きだったんだし。おめでとう。幸せになれよ。いやいや、コウちゃんじゃないんだから。

「なんで春日、浮かない顔してんの？」

「……私、そんなに酷い顔してる？」鏡見てこいよ。

そこで授業開始のチャイムが鳴って、会話は終わった。春日はまだ何か言い足りないけど何を言いたいのか自分でもわからない、みたいな顔で自分の席に引っ込んでいった。

授業中、携帯が震えた。妙に気ぜわしい気分になる。こっちは、ポイントが見えない状態に慣れなくて、微妙に落ち着かないでいるのに。

成瀬〉覚えてる？　今日、放課後

思い出した。今日、成瀬の家に行くんだった。

自分〉もちろん。楽しみにしてる

しかしポイントが見えなくなって、不便を感じないでもなかった。その不便は主に当然、授業の合間の休み時間なんかにやって来る。

例えば人と、他愛ない雑談をするとき。

クラスメイトのポイントが瞬時に思い出せなくて、どっちの肩を持っていいか困る。今はまだ、力関係くらいはなんとなく覚えてるから、それでも対応出来るけど。学年が上がってクラスが替わったら、困る気がして不安だった。クラス以外の奴と口を利くときなんかは、俺は既にちょっと困っていた。

それよりもっと困るのは、自分の感覚が理解出来ないときがあることだった。

それまで、ポイントが低いから関わらないようにしよう、そう思っていたクラスメイトと口を利いてるとき、ふいに、そいつとの会話を楽しんでいる自分に気づく。慌てて、会話の行方を軌道修正するけど、冷静に振り返ると、あまりいい判断だったとは思えない。

対人関係において、冷静で合理的な判断を下せなくなっている。その精度が、落ちてしまっている。

大丈夫なんだろうか、俺は。

あと、今の自分が一体何ポイントなのかわからないのも不安だった。今までは、手鏡をポケットに忍ばせて、ことあるごとに、自分のポイントを確認していた。でも、それが出来なくなると、自分が果たして現在進行形で正解を選べているのか、わからなくて不安になった。

知らないうちに自分のポイントが下がってたら。そう思うと、怖かった。自信がだんだん、なくなってきた。

成瀬の家に行くのを、理由をつけて断りたい自分がいた。ポイントが見えない今の普通の状態に慣れるまで、誰であれ親密な会話をするのは危険な気がした。

それでも、断る理由が浮かばなくて俺は結局放課後、成瀬と二人で、彼女の部屋に行く羽目になった。

「お、お邪魔します」

俺が玄関先で立ちどまり、直立不動で緊張気味に、家の奥に向かって声を発していると、成瀬は不思議そうに俺を見た。

「誰もいないよ？」

「……なんで誰もいないの？」

「さあ？　何故でしょう」

と、成瀬は少しいたずらっぽく笑ってから、俺の背中をポンと叩《たた》いて「あがってよ」と言った。うながされるまま、俺は靴を脱いで家に上がった。

成瀬の家は広くて、真新しく、成瀬と同じように、いい匂いがした。

「あんまりジロジロ見ないで」

そのまま、成瀬と二人で、彼女の部屋に行く。

「なんか青木が私の部屋にいるのって、不思議」

成瀬の部屋は、白を基調とした家具のセンスも配置も趣味がよく、品があった。高校生にしては、大人すぎるくらい。雑誌に載ってそうなインテリアだった。春日の部屋とは大違いだ、と思う。

「なんか青木、今、私以外のこと考えてる」

そう言って、成瀬は俺の頰をつねった。

「へつにかんはえてないよ（別に考えてないよ）」成瀬の指の力が案外強くて、発音がぼやけてしまう。

「青木って、そうだよね」

と成瀬は少しため息をついて言った。

「いつも私と一緒にいるとき、別のこと考えてる」

それに「そんなことないよ」と言う気力が湧いてこず、俺はなんだか軽く打ちのめされたような気分で、ただ呆然と成瀬を見ていた。

「今、私のこと考えてよ」

正面から成瀬にじっと見られて、少し緊張してしまう。それで、俺は目を逸らした。

「こういうとき、どうしたらいいのか俺、わかんなくてさ。成瀬は……どうしてたの？」

すると、成瀬は急に赤面して、俺から後ずさり、距離を置いた。

「え、えっと……す、する？」

「する？」

「してた、けど」

話の意味がわからなくて俺は困惑したけど、そんな風なリアクションを取る俺に対して、成瀬は苛立っているようだった。

「何を？」

「だから……わからない？」

成瀬の声が、かすかに上ずっているように聞こえた。

その次の瞬間、成瀬が目を閉じた。

そのとき、あれ、そういうこと？　と俺は大分、遅れて気がついた。どうしよう。これがいわゆる、心の準備が出来てない、というやつか、と思った。でも俺の目には、目の前の成瀬も自分と同じに見えた。

「今思ったんだけど、これって罰ゲームとかじゃないよね？」

「……何が？」

「成瀬、何かのゲームに負けて罰で、誰かに命令されてて。嘘でドッキリで、今こうして、みたいな」

「何それ。青木、そんなのされたことあるの？」

あるよ。

「ないよ」

「私、青木にそんなことしないよ」

成瀬はため息をついた。

「私、駆け引きとかしたくないんだよね。そういうの、もう、いい」

成瀬のその「もう」の中に、過去の男の存在を感じとって、俺はちょっと緊張した。そんなことに嫉妬するのはみっともない。だけど、こんな風に思わせぶりに情報を小出しにされると、嫌でも気になってしまう。

「私、何でも正直に話したい。だから青木も、正直に話して」

無理だよ、と俺は思った。

ありのままの俺なんて、誰も好きにならない。

それは俺の中で、確信に近い気持ちとして存在していた。

その気持ちの、ざらざらとした、気色の悪い手触りだけが、信じられた。

嘘の俺の方が人に好かれるし、成瀬が好きなのはそっちの俺だよ、という気がした。

そう思いながら、「俺は何でも正直に話してるよ」と、平然と嘘をついた。

「ごめん。ウザいよね」

成瀬は視線を外し、ちょっと顔を伏せた。

「ちょっと座って」

と成瀬に言われて、ベッドのへりに座る。隣に成瀬がいて、自然と二人、向き合う格好になる。まるで昨日の夜の、曽山と春日みたいに。

「私、今日、実はちょっと、青木に聞いてほしいことがあったの」

「へ。何?」

「今まで、黙ってたことがあって」

成瀬はどこか自信のない顔で、俺も彼女の心の揺れがうつって、不安な気持ちになる。

「青木に嫌われるかもって思うと、言えなかった」

成瀬が、俺の手をつかんだ。

「でも正直に話したくて」

ヤバい、と思った。

これ、俺の苦手なパターンだ。

もしここが、音速で空を飛ぶジェット戦闘機の中だとしたら、俺は迷わず、脱出ボタンを押していた。

「あの、前の恋人のことなんだけどね。青木は、いたことある?」

心の中で、現実逃避のために、パラシュートを開いて空を急降下する自分を想像してしまう。

「俺、女子と付き合ったことない」

「うん。それはなんとなく、わかってたけど」

当たり前のように言われて俺はちょっと凹んだけど、顔には出さないようにした。

「青木って恋愛経験なさそうだなって。でも、そこがいいっていうか」

引っかかったけど、流す。

「それで、成瀬の元カレってどんな奴？」

「青木も知ってる」

「クラスの誰か？」

「曽山」

最悪だ！　俺は心の中で絶叫した。

顔は平静を保ちつつ、脳内では、最悪最悪最悪最悪最悪最悪最悪最悪最悪。

「……あ、そうだ。俺、アニメ見ないと？」

「へ？」

「夕方からのアニメ見ないと。再放送。いつも欠かさず見てるから。見ないと。可及的速やかに見ないと。だから帰るわ。じゃ！」

その日一番の威勢の良さで勢いよく立ち上がった俺の腕を、成瀬はぐっとつかんだ。

「逃げるときだけ元気になるのやめて」

「……ごめん」

それでも俺は、成瀬の部屋から、走って逃げ出した。


曽山、マリオ、オットセイ、インドネシア、足尾銅山鉱毒事件。終わった。思考が混乱して思わず、曽山の名前からしりとりをスタートしてしまうくらいには、俺の脳内は混乱していた。

元彼が曽山で何が悪いのか？

悪くない悪くない。完全に俺が悪い。わかってる。頭ではわかってる。でもヤバい。

今までのことをふと思い出して、整理してみる。

六月のゲーセン事変。曽山が成瀬を連れてきたあのとき、二人は恋人だったってこと？　あの頃、成瀬と浮かれて会話してた俺がいる一方で、二人は恋人。無理。曽山が成瀬を連れてきたのは何故だろう。無理無理無理。俺が昼休み成瀬とたまに会ってたのを知ってて、牽制《けんせい》するために連れてきた。つまり、俺の女に手を出すなってこと？

無理無理無理無理！
頭を抱える。
成瀬、曽山といつからいつまで付き合ってたの。
聞けない。
超絶気になるけど、聞いたら心の狭い人間だと思われてしまうから、全然絶対１０
０%《パー》、聞けない。
だったら、誰に聞けばいいのか。
曽山か。
マジ無理。
「青木」
話しかけんなよ。
「青木、悪い、頼みがあるんだけど」
曽山の声がして、振り返る。
今は放課後。
「な、なに」
背中に小さく汗をかきながら、返事する。

「ちょっと、これから俺、用事あって。俺、掃除当番なんだけど」

曽山は、冗談みたいに両手を合わせて、笑いながら拝むようなジェスチャーをしていた。

「青木、代わってくんない？」

曽山の顔を、じっと見る。

俺は知らなかったこと、こいつは知ってて色々やってたんだな、と思うと、イライラしてきた。いつもの俺なら……多分普通に、代わってたと思う。

「嫌だよ」

俺は言ってから、しまった、と思った。

「自分でやれよ、曽山。調子乗んな」

曽山は一瞬呆気《あっけ》にとられた顔をして、それからすぐ、

「お前、誰に向かって言ってんの？」

スズメバチみたいに攻撃的な顔つきに変わった。危険だ、と脳内で、アラームが鳴る。

「……とにかく、無理だから」

俺はそれ以上曽山を刺激しないように、そそくさとその場を去った。

早足で、逃げるように廊下を歩きながら、ポイントが見えなくなってちょっと変になってる気がする、と思った。こんな風に自分のキャラを逸脱してたら、いつか、痛い目にあうのに。

今の俺が曽山に言い返すのは、無謀だろう。

空気が読めなくなってる。

もっと冷静になった方がいい。そんなに学校生活、甘くない。自分に言い聞かせるように俺はそう思ったけど、やっぱりポイントが見えないのはなんだか落ち着かない。

ただ、それより何より深刻な事態は、もっと別の機会にやって来た。

そのとき、雨が降っていて、それはちょっと本格的なゲリラ豪雨で、俺は天気予報を見て傘を持ってきてて良かった、と思いながら帰っていた。

春日〉助けてよう

無視して携帯をポケットにしまい、それでもまだ携帯は震えている。結局舌打ちしてもう一度取り出す。

春日〉傘忘れた

俺はあんまり春日と顔を合わせたくなかった。ポイントが見えなくなってから、春日を避けたい気持ちが再びぶり返してて、俺は彼女に会いたくなかった。

嫌々学校に引き返すと、校舎の入り口に、春日がいた。

よく見るとびしょ濡《ぬ》れで、俺はちょっと苦笑してしまった。

「なんでそんな濡れてんの」

「鞄を傘がわりに走って帰れないかな？　って一瞬思ってチャレンジしたけど、無理」

そりゃそうだ。その日の雨は、ちょっと冗談みたいに大げさな降雨量だったからだ。

「ありがと」

ほっとしたように春日は言った。

「青木がいなかったら今頃私、この豪雨に溶けて排水溝に吸い込まれてるとこだったよ」

「吸い込まれた後どうなるんだよ」

「大いなる海になってたね、間違いなく」

それから、安心したように春日は俺の傘の中に入り、

「一緒に帰ろ」

と言った。

それで二人で、学校からの帰り道を歩いた。

「こんな風に二人で歩いてていいの」

と俺は聞いた。

「なんで？」と、春日が不思議そうに聞いてくる。

「だって」

俺はそれ以上、言葉を重ねるのが面倒になって、春日をじっと見た。

春日の濡れたシャツが、狭いビニール傘の中で、俺に触れたり離れたりしていた。

それを、じっと見てた。

そのとき、自分の中に、変な気持ちがこみ上げてきた。

急だった。

ヤバい、と思った。

気づかれたくない。

「あのさ、春日」

「ん。何？」

「この傘、使っていいから」

「え？」

ビックリしたように俺を見た春日に、傘を手渡して、俺は走った。滝行みたいにずぶ濡れになりながら。

俺は何をやってるんだろう、と思った。

愚かなんだ、俺は。

それからというもの、教室でつい、春日の姿を追ってしまう。

まずいと思うのに、つい視線がそっちに行く。春日と授業中に目が合う回数が増えた。春日はちょっと照れたように笑った。俺は慌てて視線を逸らす。窓の向こうの景色を見て、気を紛らせる。

どうにもこうにも、とにかく色々、俺は調子が狂っているのだった。

それもこれも、ポイントが見えなくなってからだ。

ついには頭痛までしてきて、体調は最悪。

放課後になり学校帰り、成瀬と話しながら二人で、歩いてた。

「最近青木、春日さんのことずっと見てるね」

言われてしまった。

「そんなことないよ」そう俺が誤魔化すと、

「嘘」

成瀬はちょっと怒ったように唇を尖らせた。その仕草は、やっぱりかわいい。どこからどこまでが計算か、知らないけど。

「だって私、青木のこと見てるから。わかるよ」

今度は真面目な顔で成瀬は言った。

「最近本当に青木、様子、変だよ」

「ちょっと待って。なんか……気持ち悪い。頭が、痛い」

下校途中のバス停のベンチでうずくまった俺に、「どうしたの？」と成瀬は言って、心配そうにこちらの顔を覗き込んできた。「大丈夫だよ、ちょっと休めば」とりあえず言ってから、ふと気になって、

「さっき俺が変だって言ってたけど、どんな風に変？」

と聞いた。

「体調、言動、青木じゃないみたい。不安定っていうか」

「やっぱり、そう見える？」

「ね、話してみてよ。何か、心配事とか、不安なこととか、あるんでしょ。話したら、

楽になるかも」

　あるにはあるし色々あるけど、それ全部、成瀬に言えることじゃないから。

「別に。心配しなくていいよ」

「春日さんのこと？」

　成瀬の美しい顔がそのときちょっと、歪んで見えた。

「どうしてそんなに、春日のことが気になるの」

「二人、仲よかったでしょ。ゲーセンのときに。それに」

　成瀬は少し言いよどんでから、結局言った。

「青木って、春日さんのことが好きなの？」

「何それ？　いい加減にしてくれよ」

　こんなのやめたいのに、やめれない。

「だってそんなの、おかしいだろ。ちょっと女友達と親しいからって、好きだとかどうとか、恋愛感情とは別じゃん。なんでもそういうフレームに収めてくるのって、ちょっと乱暴だよ」

「乱暴なのは青木でしょ。青木は、『女友達に嫉妬する女』ってフレームに私のこと収めようとしてるだけじゃん。でも、そうじゃないと思うよ」

「いや……全然わからないけど」

「だから結局、青木は、春日さんのことが好きなことを、自分でも気がついてないのが一番たちが悪いと思うんだよね。違う？」

「ちょっと本当に、何言われてるのかわからないんだよね。俺が春日が好き？　そんな訳ないよ。だって」

だって、なんだろう。後に続く言葉が口から出なくなって、詰まった排水溝みたいに何も流れなくなった。そして言葉が詰まって、一緒に流れなくなった感情だけが、無意味に溢《あふ》れる。

「そういうの、ウザいよ」

成瀬の怯《おび》えたような顔。見たくない。

「たまに、青木のことがわからなくなる」

成瀬は俺から目線を外してそう言った。

「私の元彼が曽山だったの、ショック受けてる？」

「全然全然全然気にしてないっす」

「っす、って何。語尾、変」

「変じゃないっす」

「青木、ときどき、詐欺師みたいに見えるときがある」

ドキッとした。

「ごめん、成瀬」

これ以上成瀬と色々進んだら、どうなる？

考えた。すぐに、答えが出た。

嫌われる。

それは確かなことだと思った。

だとしたら、どうすればいい？

「ちょっと、ほっといて」

「何それ？」

成瀬は笑った。怒りと焦りと、多めの失望が混じった笑いに見えた。

「俺、頭冷やして考えたい」

「好きにしてよ」

成瀬は一人で帰った。

俺が成瀬にそんな風に接したのは、初めての気がした。でも、どうしてか、しょうがない、という感想しか湧いてこないから不思議だった。

「……で、青木くん、なんで私のとこに来るのさ」

いつの間にやら、元の汚部屋に現状回復されていた春日の部屋、床に散らばった物をざっと押しのけて、床に座る。

「わからない」

「自分から、もう会わないとか言ってたのに」

「春日だって、俺にLINEとかしてくるだろ」

「まぁ、たしかに」

座椅子で体育座りしてる春日の部屋着は、少し露出が多い。それを一旦気にし出すと、ずっと無限に気にしてしまいそうで、目を逸らす。

「ってか何しに来たの」

話聞いてほしくて来たんだった、と思い出す。でもそれを今、そのまま言う気になれなくて、とりあえず他の話題を挟みたくて探した。

「春日、最近、曽山と、どうなの」

俺がそう聞いても、春日は長いこと何も答えなかった。脳が死んでるみたいな顔。

それからしばらくして、「別に」と床に視線を落としながら春日は言い、なんか気ま

ずい沈黙を醸し出してきた。だからその話題も続けられなくて、

「なんかさ。俺最近、成瀬は本当に俺のこと好きなのかな？　って思い始めて」

と俺は言った。

「なんで？」

「もしかして成瀬、俺がポイント低いから好きなんじゃないのかな、って思って」それに、俺はもしかしたら成瀬のポイントが、高いから好きだったのかもしれない。そっちは後ろめたくて、言えなかった。

「どういうこと？」

「わかんない？」

「わかんないよ。……変なの」

春日は急に、しん、と真面目な顔になって俺を見た。

「だから最近俺、成瀬のこと避けてる」

「それ、他に何かあったでしょ」

「いや……」

と言いつつ、俺は、どうだろう、と悩んだ。

「曽山くんの元カノ、成瀬さんなんだよね」

「知ってるんだ」

「聞いた」

急に春日は真剣な顔で、何故か怒るように言った。

「青木、絶対それじゃん」

「違うって」

「成瀬さんの元カレが曽山くんなのがショックで話したくないけど、それきっかけだと自分がダサいから、避けるための別の理由、一生懸命、探してるだけじゃん」

かっこわる、と付け足すように春日は言って、ため息をついた。

「だいたい、ポイントなんてさ、青木のただの痛い妄想だよ。そんなことに囚われて、人のこと見るなんて。おかしいよ」

「春日だって曽山のこと、顔が良くて頭が良くて完璧だから好きなんだろ？　だったら、春日の恋だって、俺と同じで不純じゃん」

俺が言うと、春日は一瞬、怯んだような顔を見せた。それで俺は、かまわず更に、その露悪的な発言を続けた。

「プラトニックな恋なんて、この世に存在するはずないんだ。別にさ、ポイントが見えるとか見えないだとか、そんな話はどうでもいい。見えなくても、春日にだってわかるだろ？

人の価値には細かく値札が付いてて、誰だっていつも、品定めしてる。人は生まれたときから平等じゃない。誰も本当は、なるべくなら、自分は損したくない。それだけだろ」

「だったらポイントが同じなら誰でもいいの？　青木は、例えば私と同じくらいのポイントの人と、こんな風に話せる？」

俺が黙ってると、春日は話を続けた。

「そりゃ、誰かが誰かを好きになるとき、不純物も入り混じってるかもしれない。混じってると思う。でも不純なものの中に、ちょっとは純粋な気持ちが混じってるんだって、そうは信じられないの？」

気まずい沈黙。

じっと見つめ合う。

先に春日が、口を開いた。

「青木は、怖いんだよ。人に、拒絶されるのが」

そりゃ、怖いよ。誰だって怖いだろ。

「俺だってそれでも自分なりに、人と関わろうって」

「もっと」

俺は春日の唇が動くのを、ぼうっと眺めていた。

「もっと、してよ」

俺はそれが本当にいいのか、どうにも判断がつかなかった。

成瀬を夜の公園に呼び出した。彼女の住んでる家の、最寄りの公園まで、自転車を飛ばす。少し酒に酔っていた。

「何……？」

ちょっと戸惑ったように成瀬は言って、俺に近づいてきた。

「これ、見てほしくて」

俺は目をつぶって、自分のノートを成瀬に差し出した。

「これって。あの、青木がいつも授業中に書いてる？」

「ここに、俺の考えてることとか、全部書いてあって」

正気なのかな、俺は。正気じゃない、ような気がする。

「読んで。いつでもいいから」

「なんか、見るの怖いね」

俺は緊張して、震えていた。

「でも、ありがとう」

そのまま二人で、ベンチに座った。夕方に小雨《こさめ》が降っていたせいで、ベンチは少し湿っぽかったけど、俺たちはかまわず、二人で座った。

成瀬が俺の手を握った。

震えてるのが伝わってしまう。

「青木、よっぽど怖かったんだね」

落ち着かせるように、成瀬は言った。俺は黙って、公園の砂をただ見ていた。

「もしかしたらさ」

「うん」

「そのノート見たら、成瀬、俺のこと気持ち悪いって思うかも」

「思わないよ」

「きっと、嫌いになる」

「ならないよ。大丈夫」

そのまま成瀬は、ずっと黙って、俺が落ち着くまで、何十分もベンチにいてくれた。

静かな夜の公園で、俺はなんだか初めて、他人に受け入れられたような気がしていた。

成瀬〉ノート全部読んだよ

成瀬〉ごめん

成瀬〉正直言っていい？

成瀬〉ちょっと

成瀬〉気持ち悪い

成瀬〉こんな風に

成瀬〉人のこと見てるの

成瀬〉最低な気がする

成瀬〉私

成瀬〉青木のこと、無理かも

翌日放課後教室で、成瀬に直接言われた。

「すごいね」

成瀬は、心の底から呆れた、というように言った。

「青木くんはモンスターだよ」

その成瀬の言葉に、俺はハッとした。そうなんだろうか。

「私が今までの人生で出会った奴の中で、一番ヤバい人間だと思う。何考えてるの？」

俺は何も言えない。

「そりゃね、誰だって、似たようなこと、無意識で考えてたりはするよ。なんとなくさ。相手の価値を、頭の隅で推し量ったりする。誰でもあるよ。でも青木くんはそのへんのところが、極端すぎるよ」

成瀬にそう言われると、俺も、そうかもしれない、という気がしてきた。

「もしかしてだけど、青木、今なら、私と釣り合ってるとか思ってない？」

成瀬は怒ったように言った。それから、両腕で、自分を抱きかかえるようなジェスチャーをした。

「私無理。青木、おかしいよ」

そして成瀬の顔から感情が何もなくなって、スケートリンクみたいに平らになった。

「これ」

そう言って、成瀬が机の中からは取り出したのは、昨晩渡した俺のノートだった。

「これ、なんなのよ」

彼女がページを開いて、俺に指し示す。

俺の全く予想していなかった現象がそこには現れていた。

「成瀬のポイントを下げる方法、ってこれ何？」

「それは……その……一時の気の迷いっていうか」

あのとき、そんなバカなことを考えていたとき、俺はノートに確かにそんなことを書いていたような気がする。今はそんなことをノートに書いたこと自体、後悔してる。

ただ、あのときその一切を俺は、消しゴムで丁寧に消していたはずだった。

それが、炙《あぶ》りだされていた。

シャープペンシルの黒檀《こくたん》の線が何重にも引かれ、真っ黒に塗りつぶされたそのページ、俺の書いた跡が見事に浮かび上がって、判読可能なレベルになっていた。

「消したけど」

「不自然に消しゴムで消した跡があったら、誰だって気になるでしょ」

「えーと……」

俺は今ここで土下座をするべきだろうか？　人生において、もし土下座をするべき瞬間というのがあるのだとしたら、そのときは今をおいて他にないだろうという気がする。でも……とか考えてるうちに目の前の成瀬は決然とした調子で言った。

「ごめん。ちょっと青木が気持ち悪い」

ああ、俺はまた成瀬を傷つけてる、と思った。

どうしてこんなに上手くいかないんだろう？

「ごめんね、青木」

これは受け止められないよ、と成瀬は言った。

また、失敗した。

そんな気がする。

これが何度目の失敗だろう。

「私、帰るね」

成瀬が立ち上がろうとした瞬間、

「あれ？　なんで心愛泣いてんの？」

という声が教室の後ろから飛び込んできた。

見ると、曽山の姿がそこにあった。

「なんであんたいんの。最悪」

「あれ？　青木かよ。お前、心愛泣かしてんの？　パンチだパンチ。悪は滅ぶ」と言いながら曽山は、俺を蹴ってきた。

俺は力なくそれを甘んじて受けた。

「ってか、人のいる前で心愛とか呼ばないでよ」

人のいる前で。複雑な気分。

「てか、何そのノート」

「いや曽山に関係ないじゃん」

成瀬が慌てて、それを隠そうとする。「見せろよ」と言いながら、曽山が成瀬の方に手をかける。

「一つ言っていい？」

俺が言うと、やりとりが一瞬フリーズして、二人は面食らったように俺を見た。

「なんだよ青木。黙れ、パンチ」

「パンチは手でするもの。足でするのはキック。曽山がしてるのそれ、キックだから」

言ってやった、という謎の達成感に包まれているのはもちろんその場で俺だけで、
二人はマジでポカンとしていた。

「じゃ、帰るわ」

俺はそのまま、何もかもどうでもよくなって、教室を出た。

二人の会話してるところをそれ以上見ていたくなかったからだ。

成瀬が「ちょっと待ってよ」なんて声をかけてくれないかと、ほんの少しだけ期待をしたけど、誰も何も言わなかった。俺はトボトボと家に帰った。


散々迷ったけど、結局そうすることにした。

今までポーチに入れて持ち歩いてたクスリの束を、まとめてトイレに流す。もう飲むのはやめようと思った。

やがて幾日かが過ぎて、病院に行く日がやってきて、俺はそれを初めてサボった。


ある日学校から家に帰ると、病院の先生が家にいた。

タオルで汗をふきながら、居間でくつろいでいる。

気持ち悪い、と思った。

そう言えば、昨日から父親は出張に出かけていた。

「どうして来ない？」

先生は俺の目を見ないまま、テレビを見ながらそう言った。

「ポイントが見えないと、人生が滅茶苦茶になりそうなんですよ」

「言っとくけど、それ、幻覚だからね。そのポイントが見えなくなるように君を治療するのが、僕の仕事なんだけど」

俺が何も答えないでいると、先生は話を続けた。

「直人くんは多分、世間的な価値観を、必死で自分の内面にインストールしようとしてるんだと思うよ。そこまで必死にならなくていいのに」

偉そうなこと言うなよ。

「俺、治りたくないんですよ」

「何言ってるんだ？」

先生は困惑していた。

「なんていうか、おかしいままでいたいんです」

俺は、はっきりした声で言った。

「俺、自分の気持ちに正直でいたくないんです」

先生は困ったように笑い声を立てた。駄々をこねる子供を前にしたような、それは嫌らしい笑い方だった。

第七話

¥+

クスリ飲むのをやめたら、それで元に戻るかと思ったけど全然そんなことなくて、ポイントは見えないままだった。

それどころか、頭痛が酷くなっていた。急に、自分の判断で、クスリを捨てたからだろうか？

うんざりしながら、登校する。学校までの道を歩く。

校門に近づくにつれ、生徒の数が増えていく。みんなよくやるよな、と思う。決まった時間に起きて、意味があるのかないのかよくわからない授業を受ける。大人になったら今度は会社。それを死ぬまで繰り返すだけ。どうしてこんなことを続けられるんだろう。俺もやりながら、たまに不思議に思う。

そのとき、突然それは始まった。

e、@-、%)、/,、m#

背中のあたりが、ぞわっとした。

視界一杯に、文字化けしたような、バグった文字が浮かんでいる。大勢の生徒たちの頭上に、それは浮かんでいた。

今までポイントが見えていたところに、かわりに、変な文字が浮かび上がっている。

なんなんだろう。

これはポイントが見えるようになる前兆で、やがてまた、以前のように視界が元に戻ってくれるんだろうか。そんな風に最初、都合よく解釈していた俺だったが、いつまでたっても数字は元に戻らない。

ポイントはバグったままだった。

「青木、おはよう」

と、Ξが言う。「眠そうじゃん」と$3。「今日の体育サッカーだぜ」とãı。「やる気出せよ」と+#。

怖かった。

いや、数字自体も地味にホラーだったけど、それ以上に、自分の頭がいよいよ本格的に狂い出した気がして、それが恐怖だった。

雑談に、他愛ない冗談を返す余裕もない。

どうしてこんなことになったんだろう。

こうなるともう、人と会話するのが気持ち悪かった。


頭がどうなったところで、普通に続いてしまうのがこの日常というやつの残酷さで、こっちが軽くパニクってる間も、当たり前のように授業は進んだ。

早退しようか迷ってる間に四時間目まで終わり、昼休みになった。ここまで来たら、今日は気合いで乗り切ろうという気になってくる。

でも、息をするのが苦しかった。ふらつきながら立って、教室の外に出る。人がダメだ。文字化けした数字を見てるだけで、気持ち悪くなってしまう。

単に、ポイントが文字化けしてるだけ。気にするな。心の中で、自分に向かってそう呟く。だけど、目眩が酷かった。

トイレに行って、けっこう、吐いた。

喉が渇いた。

水が欲しい。

意識がはっきりしない。

廊下のウォータークーラーまで這《は》うように移動し、口をゆすぐ。それから水を飲んだ。

このままやってけるんだろうか、俺。

わからない。無理かもしれない。

春日はどこにいるんだろう。

「呼んだ？」

声がして、びっくりして顔を上げると、すぐそばに、春日がいた。

「今、呼んだでしょ。私の名前」

考えが声になって漏れてたのだとしたら、それはそれでヤバい気がした。

「青木、なんかしんどそうだね」

こっちの顔を見て、春日は心配そうに言った。

でも、その春日のポイントも、〓だった。

「大丈夫。ほっといて」

「保健室行こうよ」

でも保健室にも、人はいる。

「いや」

「何。本当に、どうしたの？」

「なんか例えるなら、対人恐怖症の酷いバージョン？」

「それでこんな風になる？」

「わかんない」

頭が痛い。

いっそ正気を、失えたらいいのに。

気持ち悪い。

「じゃあ、わかった。青木の好きなようにしたらいいから。私、一緒にいる。どうしたい？」

春日は俺の体をつかんでそう言った。

「どこでもいい。人のいないとこ」

「えーと。どうしよう」

春日は俺を、視聴覚室に連れていった。

中に入る。誰もいない。助かった、と思う。

窓際の壁を背にしてもたれ、床に倒れ込む。

「ここなら、誰もいないよ」

確かにそうだ。普段、誰も寄りつかない。

息を整える。冷静になりたかった。

教室に戻れるんだろうか。

「どっか痛いの？」

首を横に振る。

そのまま、目を閉じる。静かだった。最初からそうすればよかった。つらくなったら、目を閉じればいい。簡単だ。とりあえず解決策が出て、気が楽になった。

ずっとそうしてたら、そのうち、昼休み終わりのチャイムが鳴った。

「授業、行かなきゃな」

俺が立ち上がろうとすると、春日が俺の手を引いて、座らせた。

「いいよ、そんなの。しばらく、ここ、いよう」

そのまま春日は、俺の手を握っていた。

正反対の方に体を向けて、手だけこっちに伸ばしていた。

そのまま、二人で手を繋いだままになった。

「してほしいことあったら言ってよ。水とか、買ってくる？」

「いや、いらない」

本当は、また喉が渇いていたけど、俺はそう言って断った。

しばらく二人で、ぼーっとしていた。

変に、満たされたような気分だった。

暇な方の手でまぶたを押さえながら、俺は春日に聞いた。

「あのとき、なんでキスしたの」

彼女の声が、急に慌てた。

「なんでそれ、今聞くの」

今が終わったら、もう永遠に聞く気になれそうにない気がしたから。

少しして春日は、

「したくなったから」

そう、ぽつんと言った。

「したくなったらしていいんだ」

崩れるように、春日に体を預けた。彼女の膝に頭を乗せて、顔を見上げる。

「ダメだよ」

春日が、思いの外冷たい声で言って、俺は黙った。そのとき、

「お前ら、何やってる」

野太い声と一緒に視聴覚室のドアが開いて、そこには体育の先生がいた。

結局そのあと、普通にものすごく怒られてしまった。それで済めばよかったんだけど、授業サボって俺と春日が視聴覚室にいたという噂は、すぐ学校中に広まってしまった。

「ごめんな」

学校終わりに、春日と二人で帰りながら、彼女に謝った。

成瀬〉青木、やっぱり本当は、春日さんのことが好きなの？

自分〉そんなわけない

成瀬にＬＩＮＥを返しながら、春日と会話を続ける。

「ちょっとはマシになった？」

「うん」

「なら良かった。何だったの？」

説明する前にポイントのことをちゃんと信じてもらわないといけなかったけど、それも難しそうだ。それに、何だったかというか、終わってないし続いてるし何なのか俺も今もよくわからない。春日のポイントだって、■のまま。道行く人のポイントもh:だったり¥:で、俺はなるべく直視しないよう、むしろ視線はＬＩＮＥにやった。

成瀬〉当てつけ？

自分〉何が？

成瀬〉だって

送れない〉早く俺のこと嫌いになってよ

「慣れれば何とかなると思う、多分」っていうか、そう思いたい。

ただ、あれを先生に見つかったのはまずかったと思う。噂は、放課後には教室で広まっていた。「青木と春日やっぱりデキてたって」「怪しかったしね」「視聴覚室でイチャついてたらしい」「何それ、エロ」最低だ、と思う。

「春日、曽山と付き合ってるのに。ごめん」

「は？」

春日は素っ頓狂な声をあげ、ビックリしたような顔をした。

「私、曽山くんと付き合ってないよ」

混乱してきた。

「二人、キスしてただろ」

「見たの？」

春日は困惑したような顔をした。

「いつどこで見たの」

あのとき夜の公園で。言えない。そのあとすぐ、逃げたから。

っていうか、そんなにいつでもどこでもやってんの、と思った。

「あの、曽山くんに迷惑かけたくないから。はっきり、しときたいんだけど」

「何が？」

「本当に付き合ってないんだよ。それで付き合ってるとか言うの、嘘になる」

「いや、付き合ってないのに、そういう……ことするの？」

「することもあるじゃん」

そう言う春日の顔は、どこか拗ねたような表情で、こんな奴だったっけと俺は彼女のことがよくわからなくなった。

「俺からすると話が見えなさすぎて怖いけど。で、それってどういうこと？」

「き……キスフレ？」

「はぁ？」

イラッときて、俺は手近な電柱を軽く蹴った。言葉が追いつかなくて、感情だけ、物にぶつけてしまう。

「私的に、順番待ちっていうか……」

ぽわんと想像が広がった。曽山の前に、女たちが整列してる。最後尾で春日が、新型のプレステでも買うつもりかのように、おとなしく並んで順番を待っている。でも当分、春日の番は来そうにない。

「曽山がそう言ったわけ？　キスフレになってくれ、とか」

「いや、私から」

「春日から？　俺、報告・連絡・相談、何も受けてないよ」

「バカなの？　なんでそんなこと、いちいち言わなくちゃいけないのさ」

ふてくされたように春日は言い、俺もなんで言わなくちゃいけないかの論理的根拠は示せない。というかそんなもの、多分ない。

「曽山くん、せふれなら何人いてもいいんだって」

「せふれって何？」

春日の滑舌が悪いせいか、予想外のところから飛んできたせいか、最初俺は、彼女の言わんとすることが本気でわからなくて困った。

「だから、セックス・フレンド」

「ああ、そのセフレか。世に聞く噂の」

やっと言葉の意味が理解出来て、俺はホッと一息ついた。それからすぐ、パニックになった。

「あの、それは、肉体的な関係は結ぶけど、セ、セ、セセックスはするけど、僕たち私たち恋人じゃないですよ、っていうあの噂によく聞く例のセフレ？」

「ほ、他に何があるのさ」

「瀬、つまり、瀬を一緒に見に行くフレンドとか？」

「瀬って何。聞いたことないよ」

「あ、あるかもしれないじゃん、瀬」

「ないよ」

そうこう話してるうち、だんだん、イライラしてきてしまった。

「それなんか色々、おかしくないか？」

「そんなの心の準備が出来なくて、私、なんか。恋愛経験ないしさ。だから、ちょっとずつ進んでほしい、って言ってる」

「ん？ っていうことは、春日も最終的にはセフレを目指しているってこと？」

「わ、わかんないけど、そうなるのかな？」

「何それ。春日、キスフレからソフレになって、ゆくゆく将来的にセフレになることを目指してるわけ？ なんなのそれ？ お前、出世魚なの？」

「わ、わかんない、成り行き……？」

「いや、処女なのにセフレになるの⁉　処女なのにセフレになろうとする春日も春日だけど、処女をセフレにしようとする曽山も曽山だろ‼」

言っていいよ、怒りのボルテージが高まってきた。

「ムカつく」

で、どこの誰にこの怒りをぶつけるべきか？

「ちょっと春日、曽山の電話番号教えて？」

「どうして？」

「電話する。俺ＬＩＮＥしか知らないし。早く教えて」

「ちょっと、やめてよ。どうせ変なこと言うでしょ」

「変なのは、お前らだからな」

渋る春日から強引に電話番号を聞き出し、勢いのまま、自分の携帯から曽山に電話した。出ない。ムカつくから鬼電した。電話が繋がる。

「……誰？」

曽山は不審そうに言った。

「青木ですけど」

何故か敬語になってしまう。同い年なのに。どうした、俺。電話する前まであった怒りの勢いが、曽山の声を前にして急に萎えた。一気に現実に引き戻される。卑屈な自分のキャラが、戻ってきそうになる。

「あー、なんか、はいはい。青木くん」

声のニュアンスが明確に、小馬鹿にしているそれだった。

「何か用？　今、忙しんだけど」

「折り入って大事な話が、あって」

「何？　聞こえないって」

「あの、話したいことが俺には、あって」

「声、遠いわ。もっと大きな声で喋れよ」

「だから！　お前に！　話があるんだよ！」

俺がほとんど怒鳴るように叫ぶと、曽山は半笑いで、

「ごめん電波悪いから切るわ」と言った。

「おい」

「冗談じゃん。マジになんなって。最初から聞こえてるよ。で、なんか話すようなことってあったっけ俺ら？　ないよね？　別に」

「春日の件で」

「春日？　ああ、仲がいいんだよな二人。今日とかも。あ、わかった」

いい感じのイタズラを思いついた子供みたいな声で、曽山は言い放った。

「青木、春日のこと好きなんでしょ？」

「そんな話じゃない」

「別にいいよ。青木、春日と付き合っても。あっ、ちょっと待って？」

そのまま曽山は、自分の横にいたらしい誰かに対して話し始めた。

「……やめろって。今、電話してるから。なんか青木っているじゃん。覚えてない？

そう、なんかいるじゃん。なんかいるよね。いや全然大事な話とかじゃないけど」

「あのさ」

「ん、何だよ」

「お前いつも余裕ぶってヘラヘラしてムカつくんだよ死ね」

言ってやったというスカッとした気持ちと、言ってしまったという後悔が、コーヒーミルクみたいに雑然と混ざり合って、心の中で中途半端な味になる。

「何？　お前さ、喧嘩売ってるの？」

「あ、うん」

随分、間抜けな声が出てしまって焦る。

「売ってる。直接会って話せる？」

「じゃあ、来れば？　俺んち。友達とか、あと……女とかいるけど、いいよね？」

「じゃ、住所だけ教えてくれる？　ＬＩＮＥでいいし」

曽山が「わかった」と言い、俺は電話を切ろうと思った。

「覚悟しといて」

曽山が、何か暗い声で俺に言った。

「あと青木さ。前から思ってたけど、お前、喋り方とか、時々キモいから。気をつけてよ」

「そうな」

俺が相槌を打つと、舌打ちと共に電話は切れた。

「あのさ。本当に、何？」

春日が、迷惑そうな顔して俺を見ていた。

「困る。やめてほしい。変な暴走。行かないで」

そう言って、春日は俺の腕をつかんだ。

「いやでもこれ電話して行かないの、それはそれで格好悪いだろ」

「青木は格好悪くていいよ別に」

そう言われて傷ついたけど、俺は春日の腕を振り払った。

「それで、行ってどうするの？」

「一発殴る。俺はヒョードル」

俺はシュッとパンチを虚空に繰り出した。

「やめなって。曽山くん、喧嘩強そうだよ。青木みたいなヘナチョコ、秒殺だよ」

「大丈夫。なんか、適当にネットで正しい人の殴り方調べて勉強しながら行くから」

「そんなんで勝てると思う……？」

春日が呆れたように俺を見た。

「わかった。逃げる。殴ったら即、逃げてくる」

俺が言うと、春日はうんざりしたようにため息をついた。

「なんで暴力に訴えるのさ。何も、だって、私が納得してるんだからそれでいいじゃん」

「よくない」

「なんで？」

わからないけど、とにかく嫌。

「ちょっと青木、怖いよ」

春日はただ単純に心配そうに、俺を見つめた。

「そんな顔すんなよ。大丈夫だよ」

俺は改めて春日を見た。それ以上話してると、何かもっと支離滅裂なことを言ってしまいそうで、俺は背を向けて曽山の家に向かった。

＝

人の正しい殴り方。拳を固く握り締めて。親指を握る感覚で。腕を伸ばし切る距離感で。どこまでも、突き抜けるように。

スマホでネットを見ながら、曽山の家の方に向かう。

目的地、彼の家にたどり着き、俺はその旨をＬＩＮＥで告げた。

曽山〉入れば？　鍵、あいてるし。二階、俺の部屋
ここまで来て引き返す選択肢はない。

玄関から中に入る。

薄暗い廊下、人の気配はない。家の人が出迎えるとか、そんな気配はなくて、俺は靴を脱いで家の中に入った。

電気の消えた階段を上ると、二階にたどり着く。ドアが開いて明かりが漏れてる部屋が一つだけあって「入れよ」と声がした。

中に入る。

曽山がシングルベッドのへりにもたれて座っていた。

部屋は、軽く十畳以上はありそう。その室内に、曽山の他に、男が三人、女子が一人いた。ポイントは、まだバグり続けているから、わからない。でも多分、俺よりは皆、高そう。ちょっとビビってしまう。

俺を含めて六人、いくら部屋が広くても、それだけいれば圧迫感があった。

「で、何よ、青木」

タバコの煙が充満し、臭い。それはいいとして皆、ガラが悪そうで怖い。

「てか、座れば？」

女子が嘲るように笑いながら、俺に言う。言われた通り、座る。俺が部屋の中心に座ってて、他の全員にぐるりと囲まれるような形になった。まるで中世の裁判だ。

「なんで正座だよ」とIfが言った。

「ウケる」とj&が言って更に笑った。

立ち上がり、俺はポケットからカッターナイフを取り出した。皆の目が驚きに見開かれるが、かまわず、俺は曽山の眉間にナイフを刺した。「ぎゃあ！」血が噴水のように飛び出て、彼は悲鳴と共に後ろに倒れていく。それから残っていた人間たちを、俺は一人残らずカッターナイフで刺していった。

……と、そこまで妄想を膨らませたところで「おい、聞いてんのかよ」と言うr?の声で、急に現実に引き戻された。

「悪いんだけど、曽山、みんな帰ってくれないかな。出来れば二人で話したくて」

と俺が言うと、その場は一気に爆笑に包まれた。俺だけが真顔だった。

「みんな春日のこと知ってるから大丈夫な」

曽山は爽やかに笑いながら、地味にエグいことを言った。

「あ、そう、か……」

本当に、曽山にとって春日はオモチャなんだな、と思った。そうする権利があるのかもしれない、ポイントが高ければ、低い人間のこと、どんな風に扱ってもいいって権利があるのかもしれない。

曽山の部屋の隅に、エレキギターが立てかけられてるのが目に入った。よく見ると、テレキャスターだ。嫌いな奴が、自分と同じものが好きだと、複雑な気分になる。

「春日と真面目に付き合ってよ。今の彼女と別れて」

「お前何様？」と俺。

「確認だけどさ」

曽山は立ち上がり、俺を見下ろした。

「青木、関係ないよな。当人同士の自由な恋愛と感情じゃん」

「だけど」

「俺さ、女って根本的に信用してないんだよ。だって女って、すぐ裏切るし、あいつらクソじゃん。恋人とか。そんな対象になんない。俺、女ってすげー嫌いなんだよね。セックスは好きだけど、女に興味ない。喋ってて楽しいって思ったこと、マジで一度もないよね。尊敬とか、信頼感とか、そういうの、感じたことない。身も蓋もないけど本音だよ。正直言っていい？　女との会話って、やるための作業だよ。俺はただ、付き合うメリットがないから、誰とも付き合わないだけ」

「だけど春日、多分、初めての恋なんだよ」

「それがなんだよ。どうでもいいよ」

「どうでもよくないだろ」と言うその俺の言葉は、全然曽山には響かない。

「処女、一度、やってみたかったんだ、俺。人生って何事も、経験じゃん」

脱力したけど、なんとか言い返そうとして口を開く。

「だけど、春日は純粋だよ。お前とか、俺とかと違って。なのに、やめろよ」

「純粋な奴なんている訳ないだろ」

曽山はうんざりしたようにタバコの煙を、俺の顔に吹きかけた。

「いるとしたらそいつ、自分のことを純粋だって思い込んでるだけ。誰だってみんな、自分のこと、いい奴だって思い込みたいだけじゃん。違う？」

人間って一皮剝くと、誰も彼もこんな風に自分勝手なんだろうか。

「金くれたらいいよ。そしたらもう、春日とは関わらない」

曽山が言って、俺以外の全員がクスクスと笑った。

「は？」

「十万でいいよ。だって何もなくて青木の言うこと聞く義理、俺にないっしょ」

「そんな金ないけど」

「いつでもいいよ。どうにかなるだろ。金持ってきた時点で、春日無視するから」

もうそれ以上、二の句が継げなかった。どう言っても、曽山を説得するのは、不可能だ。

「じゃあ、青木もう帰れば？　金、出来たら教えてよ」

俺はふらふらと力なく立ち上がり、呆然と曽山を見た。

「お前、そんなに偉いのかよ」

「別に偉くないけど」

曽山は笑った。

「ただ、お前らみたいな人間が、なんでそんなに情けなくて、生きてられるのか、心底、謎。俺なら、惨めさのあまり自殺してる」

こいつ死ねばいいのに、と思っても、俺は曽山に何も言い返せなかった。

無力だから。

⁂

翌朝、学校に行くと、俺のノートが黒板に貼られているのが目に飛び込んできた。

クスクス笑いがする。

やられた、とすぐに気づいた。

なんで俺のノートが、ここにあるんだろう?

失敗だけど、もう取り返しがつかない。

「よう」

誰かが声をかけてきた。

「お前、俺のこと、48だと思ってたんだな。ブサイクで空気読めないバカだって」

「そうだよ」俺はヤケクソ気味に言って、自分の席に移動する。

濡れた雑巾が机の上に何枚も置かれてて、俺はそれを払いのけて座った。臭い。でも我慢する。

「前からあいつ、なんか変だって俺、思ってたぜ」という声が耳に入ってくる。いちいち気にしてなんかいられない。

「いつも鏡ばっかり見てたよね」「ナル男くん」「気持ち悪い」

携帯が震える。見ると、クラスのLINEグループを俺が退会させられたという通知だった。前からうざったいと思っていたのだ。どうでもいい。

一斉に、教室の奴らがスマホに目を落とした。数瞬して、教室に笑い声がこだまする。何か悪口でも投稿してるんだろう。

あ、始まった。と思った。

それは、久しぶりに味わう、酷く惨めな、最低の感覚だった。

ダメだ。動揺してる。心を落ち着かせないと。目を閉じて、深呼吸する。

そこにバスケボールが飛んできて、俺の頭に直撃した。

振り向くと、曽山がニヤニヤ笑って俺を見ていた。俺に当たったボールは跳ね返って、教室の床をバウンドし、ちょうど都合よく曽山のところに戻っていった。

「悪い」

ニヤニヤと、曽山。

力なく笑う、俺。

「気をつけろよ」

またバスケボールが頭にぶつかる。

「ごめん、アオキン」

懐かしい名前だった。青木の菌だからアオキン。一説によると、炭疽《たんそ》菌より殺傷能力が高く、触れると即死してゾンビになるらしい。誰から聞いたんだろう？　でも、同じ中学の奴だって俺の高校に進学しているのだから、曽山が誰かからそれを、聞き出したんだろう。

成瀬は気まずそうに顔を伏せている。でも別に、俺は成瀬に何か思ったりはしてない。

春日が教室に入ってきた。

見られたくなかった。春日には。無駄に傷つきそうだから。

春日は一瞬、何が起きているのかわからない、という顔をしたけど、黒板に貼られているノートを見てすぐ大まかに事態を把握したのか、なんとも言えない心配そうな憐《あわ》れむような顔で俺を見た。そんな顔すんなよ。

「おかしいよ、みんな」

春日は声を震わせて、やけに真剣に言った。

「なんでこんなことするの？」

ああ。

春日のポイントが下がっていく。

今は見えないけど、それが俺には、見えるような気がした。

無意味に正義感、発揮すんなよ。

春日のポイント。俺たちが一年近くかけて貯《た》めたポイントが、簡単に下がっていく。

泣きそうになった。

「お前ちょっと黙れよ」

俺は大きく舌打ちをして、春日を睨んだ。春日は、ビクッと体を震わせて、信じられない、という顔で俺を見た。

「春日。お前さ、誰が心配してくれって頼んだ？　お前のそういうとこ……気持ち悪いんだよ」

「一番キモいのはお前だろ？」

ハッとして振り返ると、曽山が俺に向かってそう言っていた。

「みんなもそうだろ？」

曽山が、同意を求める。

曽山と仲良い奴らだけが、「キモッ」と同意する。大半のクラスの連中は、目を背けるだけ。誰も俺と目を合わせない。かわりに、あとでＬＩＮＥにでも書くんだろう。

俺は何も言い返せない。

濡れた雑巾が背中から、服の中に入れられる。

男子トイレで、自分の顔を見た。

その哀れっぽい顔つきは、俺が一番見たくなかった、過去の自分の顔に似ていた。

全部無駄な努力だったんだな、と思った。

何故か、自分のアイデンティティを、取り戻したような感じがする。

どん底に戻るのが怖くて、いつも怯えてた。

今まで取り繕ってきた日々の方が、いつかこの詐欺がバレるんじゃないかってビクビクしてて、怖かった。

ここが俺の定位置。最底辺。

世界に一人ぼっちの感覚。

核戦争で地球は滅亡、目の前全員人間の形をしたアンドロイドで、俺だけが人類最後の生き残り。そんな気分だった。

第八話

∨

朝、起きると、体が重くてしょうがない。

気力が一つもなかった。

這うように、階下の食卓まで降りていく。本当に這うような姿勢だったから、家族が驚いた。

「ごめん」

俺は憂鬱な声で言った。

「学校、行けない」

親から説教はなかった。二回目だったからだ。

それで俺は、体調不良でしばらく学校を休むことになった。

自分の部屋でぼーっとしていたら、朝食を食べ終えた後の姉が、ドアの前に立っている気配がした。でも、中に入ってはこない。

「大丈夫？」

なんとなくドア越しに、会話する。まるでドラマに出てくる本物の引きこもりになったみたいで、一ミリくらい楽しい。

「多分、大丈夫」

そう言いつつ、本当に大丈夫なんだろうか俺、と思う。

「学校で何かあった？」

正直に言えない。いくらなんでも、色々ダサいから。それに、説明するのもややこしすぎる。だから俺は、黙っていた。

「お母さんがさっき、学校やめてもいいって言ってたよ」

と、姉は、やけに優しい声で言った。気を遣ってるのかもしれない。

「別に、学校なんか行かなくても、マトモな大人になれるよ」

そうだろうか？　俺は、それは怪しいと思った。ポイントのことを考えた。例えば就活の面接で、きっと面接官に聞かれる。「高校中退とありますが、これはどうしてですか？」上手く答えられる自信がなかった。姉にさえきちんと話せないことを、どうして会ったばかりの他人に話せるんだろう。無理だと思った。

「ちゃんとするから、しばらくほっといてよ」

と俺は言うしかなかった。そんな自信もどこにもないのだけど、とりあえず今は、放っておいてほしかった。

それから、ベッドの中に入って、目を閉じる。

今はとりあえず、泥のように眠っていたかった。

やがて心の中に何もなくなっていき、俺はただ息をして存在しているだけの物体となり、暗闇の中で意識だけが冴えていく。ああ、いよいよ末期だなと思った。終わってる。

＊＊

目を閉じた暗闇の中で、俺は自分の中学時代を思い出していた。俺が、最初に学校に行けなくなったときのことを。

そのとき、こんなはずじゃなかった、と俺は思っていた。

教室に行くと、机がない。見ると、周囲がニヤニヤしている。机がないことには座れないので、俺は呆然と立ち尽くしていた。

窓の外を見ると、俺のものらしき机と椅子が、何故か校庭にポツンと置かれているのが見えた。誰かが、わざわざ朝早く来て、俺の机と椅子を移動させたのだろう。

でも、いくら突っ立っていたところで、それを誰かが、教室に運んでくれるわけでもない。自分で、取りに行かないといけない。うんざりしながら、校庭に降りる。廊下を歩いてるときに、始業のチャイムが鳴って、いよいよ嫌な気持ちになったが、教師に見つかると怒られるので、俺はこそこそしながら校庭までを力なく歩いた。

小雨が降っていた。

校庭の土はぬかるんでて、その感触は冷たかった。

校庭の真ん中にある、自分の机と椅子にたどり着いたとき、もう限界だな、と思った。

そのまま、椅子に座る。

連日の色々な嫌がらせで、体が疲れていた。

椅子に座った途端、もう、立ち上がれないような気がした。

もう、どうでもいいや。

俺は机に突っ伏して、目を閉じた。

あのときも、今と同じくらい体が重くて憂鬱で、ただ眠たくて、だから眠りたかった。

このまま、消えたい、と思った。

「お前、こんなとこで何やってるんだ」

粗野な声に意識を引き戻されて、顔を上げると、体育教師がいた。見ると、体操着に着替えたクラスの連中が、俺を覗き込んでいる。

「おい、青木。お前、ふざけてんのか」

教師が、言う。まさか、俺が自分で机と椅子をここまで運んで、ウケ狙いで寝てた風に見えるんだろうか？　いや、そんなことはないだろう。単に彼は、事情を薄々察した上で、あえてそういう行動を取ってるんだろう。異常者だな、と思うと同時に、でも多分人から見れば俺の方が異常で、彼の方がマトモに見えるんだろうな、と思った。

そう思うと、なんだかムカついてきた。その教師の、頭髪のハゲかたが目についた。

「うっせーよハゲ。ぶっ殺すぞ」

俺が呟くと、クラスの連中が、小馬鹿にするように笑った。教師はキレている。俺は、殴りたいけど、誰を殴ればいいのかわからない。全員を殴り終わる前に、止められて終わりだろうからだ。

「俺、帰ります」

鞄を持って、校舎を出た。校門を出た後で、振り返って、学校を見た。もう二度と来ることはないだろう、と思うと、いい思い出なんて何一つないのに、それでも、やけに切ない気持ちになった。

本当は俺だって、普通に青春したかったな、と思った。友達とか、彼女とかいて、文化祭の準備で盛り上がったり、ハジけたり、そういうの、したかった。俺と彼らの、一体何が違うんだろう？　でも、その違いがわからないから、自分はこんな風になったんだな、と思った。

そのあと帰り道、誰か複数の奴らが後ろから追いかけてきて、俺の頭を金属バットで叩き割った。

＊＊

「春日さんが来たけど」

目を開けると、枕元に母親が立っていた。

「勝手に入ってくんなよ」

「で、どうする？」

母親が言った。

「風邪だから、会えない。学校にも一応そう言ってんだろ？　だから、帰ってもらって」

「でも、風邪じゃないでしょう」

母に言われ、押し問答が面倒臭くなって、俺は玄関口に向かった。

心配そうな春日の顔が、玄関の外にあった。

「何？」

不機嫌な声で、彼女に言う。

「あれ？　青木、風邪のはずじゃん」

「まぁな」

俺は否定も肯定もせず、曖昧に頷いた。

「一応、ポカリとゼリー、差し入れ」

「ありがとう」

そう言ってコンビニの袋を受け取ると、春日は不思議そうに俺の顔を見た。

「何……？」

「いや、なんか」

「サンキュー」

「いや、ありがとうを英語で言い直してほしいわけじゃなくて。仮病？」

「ゴホッゴホッ……ゴッホ」

「大丈夫？　今一瞬ゴッホって言ったよ？　画家じゃん」

「……細かいことといいから。じゃあな。また」

俺がそう言ってドアを閉めようとしたら、春日は足を隙間に挟んだ。

「待って」

春日は焦ったような顔で俺を見た。

「話、したい」

俺は試しに、春日の足を挟んだまま、ドアを思い切り閉めようとしてみた。

「痛たたたたた、やめて、やめて」

春日がうるさい悲鳴をあげ、近所迷惑なので、俺は一瞬力を緩めた。

「帰れ」

「やだ」

「しつこい」

「だって……痛たたたたたたたたたたたたたたたたたたたた！」

俺は諦めて、ドアを開けた。

?!!

「あんなの、気にすることないよ」

春日は俺の部屋でクッションに座り、気休めを言った。

「気になんない人生だったら良かったんだけど」

俺はなんとなく体育座りで床に座っていた。

「噂になってる？」

「そんなこと……ない、よ」

春日の眼球は、ぐるぐると泳ぎまくっていた。

「なくないじゃん」

「なくないけどさ」

「別に俺だって、本当は、学校行かないと……損するってわかってるよ」

「深刻だね」

春日は怒ったような声でそう言って、俺をじっと見た。

「まだこんな風になっても、青木、損得考えてる」

「そうだよ。変わらないよ。だからもう、ほっといてくれ」

俺はイラつきながら言った。

「まぁいいよ。青木が学校来ないなら、私が会いに来ればいいから」

俺は春日を見た。本気で言ってるんだろうか。まあ嘘だろう。多分。

「もう来んなよ」

どうやったら帰るだろう、と思った。ひたすら無視し続けるのがいいのかもしれない。わかりやすく無視してるアピールをするために、俺はゲームをすることにした。

「なんのゲーム？」

春日が興味を示して絡んできた。答えず、ゲーム画面に集中する。ナイフで通行人を、どんどん刺していく。

「グロいやつじゃん」

春日は言って、俺の横でコントローラを握った。

「私もやる」

俺は一つため息をついて、画面を操作し、二人プレイのモードに切り替えた。

「なんかゲーセンのとき思い出すね」

俺は無言でゲームを続けた。ふと思いついて、春日をナイフで刺す。ゲームの中で。

「あ、これ味方も殺せるんだ」

「うん」

しまった、口を利いてしまった。

「意外とハマるね」

「だろ」

単純なテレビゲームだった。色んな凶器で、誰でも人を殺せる。

「てか春日、なんでフードかぶってんの」

ふと春日を見ると、いつの間にかパーカーのフードをかぶり、体育座りでゲームをしていた。

「こっちの方が、終わってる感じするでしょ」

よくわからない。

「青木もやってみたら？」

そこで俺も試しに真似をしてみた。するとなんだか、確かに、本格的に廃人になったような気分だった。

「本当だ」

「ついでに電気も消したら完璧じゃん？」

俺はリモコンで部屋の電気を消した。

「これでいいか？」

春日は何も言わずに、ぐっと親指を立てた。

しばらく二人でゲームをした。時間の感覚が消し飛んでく。そのうち飽きてきた。

俺は機関銃で、学校にいた学生を皆殺しにして、最後に自分の頭を手榴弾《しゅりゅうだん》で吹っ飛ばして自殺した。それからふざけて、春日を見ながら「ひひ」と言ってみた。

「ね。頭がおかしくなったふり、しないでよ」

春日は一つ大きく欠伸《あくび》をしながら体を伸ばして、それから、

「人を殺すのも疲れるよね」

と、サイコパスみたいなことを言いながら、ベッドに横たわった。

「いい加減、帰れよ」

俺の話が耳に入らなかったように、春日は「こっち来てよ」と言った。

ゲームの電源を消すと、部屋が一気に真っ暗になった。

春日に近づくと、手を軽く引っ張られた。そのまま、俺もベッドに横になり、二人で向かい合うような姿勢になった。

じっと、目を見る。

「こないだの続き、してよ」

俺は「なんで？」と言った。

「練習しといたら、体も心も、痛くなくなるかも」

「知らないよ」

「私が初めてじゃなかったら、別に曽山くんとしても、青木はいいんでしょ」

「……わけないだろ」

俺は春日から目を逸らして、反対側に寝返りを打った。

「帰れよ」

春日が部屋から出ていくとき、一瞬、外の廊下の温かい色の光が部屋にさして、すぐに消えた。

そして真っ暗に戻った。

19

それから春日は何度か家に来たが、そのたび俺は、母親に頼んで彼女を追い返してもらった。春日が来ると、心が乱れる。なるべく静かにしていたかった。

何をするでもない。日々は無為に過ぎた。

学校に行かなくなった俺に対して、家族は全然、普通に生暖かった。でも今は、その微温的な受け止め方も、俺には苦痛だった。

「直人、お友達」

母の声がして、「だから、帰ってもらって」と俺は言った。

「春日さんじゃなくて。今日は、成瀬さん」

「……出る」

春日より成瀬の方がよっぽど会いたくない相手だったけど、それでも、会わないままで帰す気にもなれなかった。

玄関ドアの外に、成瀬がいた。

「大丈夫？」

成瀬は、気まずい顔をしていた。俺も同じような顔をしているのだろうと思った。

「成瀬、ちょっと外行こう」

なんとなく、成瀬を自分の部屋に通す気にはなれなかった。荒れて、散らかってたし。

外を歩きながら、食べログで良さそうな店を探すけど、だんだん、その誰かのつけた点数を信じられないような気がしてきて、それで結局、二人で夜のファミレスに行った。

「青木」

席について、注文したいものが浮かばず、そして成瀬もそうだったらしく、だから俺たちはしばらく、何も頼まないで話をした。

「ごめんね」

「別に」

俺たちの今の関係はなんだろう、と思った。適切な言葉が見当たらない。名付けようのない、無数のグラデーションの中に、俺たち二人はいる気がした。

「成瀬。どうしてノート、黒板に貼ったの」

「私じゃないよ」

成瀬が、なぜか怯えたような目で言った。じっと見る。嘘をついてるのか、わからない。でも、そんな風に成瀬を疑うこと自体がなんだか、胸が痛んだ。

「私、やってない」

「じゃあ、誰が」

そこまで言って、

「いや、どうでもいいや」と思ったので言って、それから空気を変えたくて、呼び出しボタンを押した。

「成瀬もドリンクバーでいい?」和風ハンバーグステーキ雑穀ご飯とサラダのセットで、とか頼める雰囲気じゃないし。「うん」「じゃ、それ二つ」店員さんに頼んで、飲み物を二人で取りに行く。

「青木、いつ学校に来るの」

「わかんない」

近くのテーブルから、ステーキのいい匂いが漂っていた。

ドリンクバーのレバーを押して、コーラを入れる。少し入れたところで、止めた。本当に俺は今コーラを飲みたいんだろうか。そう思ってから、笑いそうになった。馬鹿げてる。本当に俺は今コーラを飲みたいんだろうか? なんて、わざわざ言葉にして考える奴は、少し頭が変になり始めている。

その自分の中の妙なおかしさを引きずりながら、オレンジジュースのレバーを押して混ぜた。オレンジコーラ、これならまだおいしそうだ。それから、爽健美茶とカルピスを混ぜたところで、全てが台無しになった。「ちょっと、やめなよ」成瀬の声を無視して、もう全部、混ぜていく。

それで、黒い飲み物が出来上がった。

「破滅願望ってあるじゃん」

俺がそう言うと、成瀬は、わけがわからないよ、という顔をした。

「俺、思うんだよね。もしかしたら俺、こうなりたかったのかなって思う」

「どうしてそういうこと言うの？」

「今、ホッとしてる、俺」

一口、その黒い飲み物に口をつける。まるでこの世の、悪意のかたまりみたいな味がした。

不純の中に、純粋が混じってるんだって信じられない？　春日の言葉が浮かんだ。

俺は目の前の黒い飲み物を一息に全部飲み込んだ。

「俺が悪いよ。自業自得だと思う」

席に戻って、二人で向き合う。

「あのさ」

聞きたいことが浮かんだ。どうして今まで聞かなかったんだろう。

「成瀬、俺のどこが好きなの」

多分、怖かったからだ。

「青木は」

成瀬はそこでちょっと止まって、考え込んで、そして言った。

「優しいし」

好きな異性には誰だって優しいだろ、という気がした。

「なんかそれ、よくある『好きな理由』って感じがする」

成瀬は無表情で俺を見た。

俺は何を言ってるんだろう。

「もっと、そういう無難なテンプレ以外の何か、ないの」

怒るかもと思ったけど、成瀬は真面目な顔のままだった。

「急にそう言われると、難しいよね」

「別にムカついたりしないから、もっと正直に身も蓋もないこと言ってみてよ」

成瀬は指を折って何か数えるようにしながら、話を続けた。

「私、イケメンが嫌い。青木がイケメンじゃないのが、いいのかも。あと、コミュニケーション能力が高すぎる人も正直苦手。空気が読めすぎる人も読めなさすぎる人も苦手。青木は、ほどほどなとこがいいよ。あと、オシャレすぎる人と一緒にいると、自分も頑張らないといけない気がしてきてそれも嫌。ダサすぎても困る。青木は服、普通だし。あと、あんまりバカなのも話するのしんどいし、頭良すぎてもそうだよね。でも、そんな風に全部がちょうどいい人って、意外と少ないんだよね。だから、好きになったのかも」

それって、俺がちょうどいいくらいに普通のポイントだったから、ということになるんだろうか。苦笑いしてしまいそうになる。

「でも、だったらもう、いいんじゃないかな」

「なんで？」

「今の俺はもう、成瀬の好きな人じゃないと思うから」

別に難しい問題じゃないだろ、と思った。だって、例えば姉は、今の彼氏が無職になったら結婚するだろうか？ あり得ない。学校で底辺まで落ちた今の俺は、無職に限りなく近いと思った。

「それに。本当の俺は、もう知ってると思うけど、多分、すごく嫌な奴だと思う」

「じゃあ、青木、私のどこが好きなのか言ってみてよ」

「全部好きだけど」

「そういうの、いいから。いらないから。そうじゃなくて、もっと、身も蓋もない本音で喋って？ 私だって自分の中のオブラートに包まない本音、出したんだから。次、青木のターン」

俺は悩んだ。

俺、なんで成瀬のことが好きだったんだっけ。

「とりあえず、かわいいから」

「それは私も知ってる」

「あと……優しいから」

「そっちこそ、普通の決まり文句じゃん」

「ちょっと待って。真剣に考える。えーと」

目を閉じて何かないかマジで考える。「顔がいい」「かわいい」「美人」「綺麗」「とにかくかわいい」あと、なんだっけ。

「もうちょい、何かあるでしょ！」

成瀬が軽く俺の足を踏んだ。

「…………………ないかも」

「ないんだ」

成瀬はファミレスのソファで、脱力してずり落ちていた。

「……かわいくて、頭が良くて、かわいくて、洗練されてて、空気が読めて、かわいくて、優しいところ？」

「それってでも、私じゃなくてもいいよね。そんなの全部、入れ替え可能なことじゃん。別の学校にも別の『成瀬みたいな子』がいて、そいつでいいじゃん」

成瀬の声のトーンが、怒ったように高くなった。

「より正確に言えば、好きにも色々あって、青木が私を好きなのは憧れからだったんだよ。私のポイントが高いから青木は私のことが好きだっただけ。青木が私を好きな要素はそれだけ」

「認める」

「同罪じゃん」

「かも」

「でも、私のことを過去に好きになった男、多分みんな顔なんだよね……どうしたらいいと思う？」

「わからない。だって成瀬、顔いいじゃん」

「毎日顔面に包帯して学校行けばいいのかな。でもそしたら、誰も近づかないね」

そう言って成瀬は自嘲気味に、暗い微笑みを顔に浮かべた。

「とりあえず今日わかったのは、お互いの好きに、大した理由がなかったことだね」

「なんかごめん」

「でもよく考えたらさ、人が人を好きになる理由って、そんなにちゃんとしてるのかな？」

わからない。というか、ポイントを理由に人を好きになることの方が、健全な気がしてきた。

「わかった。諦めよう。それはそういうものだと、受け入れよう」

「でも私、普通じゃ嫌なの。普通の恋愛、嫌。私のことをすごく好きな男の子がいて、その男の子のことを私もすごく好きで、相思相愛の両思いで、死ぬまで一緒にいられなかったら嫌なの。そうやって一緒にいろんな時間を過ごして、私は、おばあちゃんになっても好きでいてくれる人がいいの。わからない？」

「そんなの無理だよ。誰だって」

「でも、じゃなかったら私、恋愛する意味ないから。だから、意味のないこととかどうでもいいことはしたくない。永遠とか純粋とか、それが欲しい」

「どうして？」

「青木風に言えば、人のポイントはいつか下がってくよ。歳をとるごとにポイントは下がっていく。容姿なんて残酷だよ。女から先に下がってくんだから。そうやってどんどんダメになってくのを見て、気持ちが冷めてくの。それが私、耐えられない」

でも、やっぱり、しょうがないじゃないか。

俺が何も言わないでいると、成瀬は力なく、ため息をついた。

「結局、どんな理由で人を好きでいたら、正解なんだろうね？」

□

そのまま帰る気になれなくて、歩く。家には帰りたくない。どこにも行き場所がない。いつものことだけど。落ち着ける場所が欲しい。この世にはない。本当に。心の底から、思う。夜に溶けて消えていけたらいいのにと、中学生のポエムみたいに思う。お前は害虫で、この世に害をなす生き物なんだよ、頭の中でもう一人の自分が言っていた。それは、自己憐憫《れんびん》の入り混じった自己否定とかじゃなくて、ただの厳しい事実なのだと思った。俺は、ゴミだ。ゴミは、俺だ。

そうやって地面を見ながら歩いてるうち、近くのコウちゃんのアパートを通りがかった。

ふと、立ち止まってしまう。

多分、いる気がした。

ボロボロのアパート。築何年だよって感じの木造階段を上り、ドアを開ける。どうせ鍵なんてかけてないだろうと思って開けると、案の定、開いていた。

部屋の中は、電気がついてなくて真っ暗で、家電の明かりも何もなかった。普通、待機ランプくらいついてるものだけど。そういや、冷蔵庫の音もしない。コウちゃんの部屋は、時間が止まってるみたいだった。

「なんだ、直人か」

暗闇の中でコウちゃんは、怯えた顔で俺を見ていた。どうしてそんな、気の弱い、自信のない顔なんだよ。コウちゃんの頼りなさに、こっちまで心細くなってくる。

「コウちゃん、何してんの」

「お前も吸うか？」

コウちゃんは、タバコみたいな何かを吸っていた。でも、それはタバコじゃない。嫌な予感がして「俺はいいよ」と言ったが、「遠慮すんなよ。まだあるから」とコウちゃんはベランダの植物の葉を指差した。それ、ガーデニングじゃないのか……。遠慮なんかしてるわけじゃないのに、しばらくすると、コウちゃんは慣れた手つきで準備して、怪しげなものを俺に手渡してきた。

「ほら」

「部屋、真っ暗だね」

「電気、止められてさ」

「コウちゃん、大丈夫？」

コウちゃんはそれに何も答えず、葉っぱを巻いて、火をつけ、俺に手渡してきた。

もう何もかも面倒臭くて、俺はそれを吸った。

そのままゴロンと二人で並んで、コウちゃんの万年床に寝転がって天井を眺めた。

「コウちゃんがここまでダメな大人になるなんて、俺、思ってなかったよ」

俺は笑えてきて普通に酷いことを言ってやった。

「俺、大人なのかなぁ」

途方に暮れたようにコウちゃんは言う。

「もういい歳だよ」

「そうな」

気だるい雰囲気、体が重くなってくる。

「なぁ直人。俺、サラ金に借金いくらあると思う？」

「知らないよ。聞きたくないし」

「だいたい二百万」

「なかなかやるじゃん」

俺は、コウちゃんにそんな度胸があったことの方にびっくりしていた。

「お前は俺みたいに、なるなよ」

「コウちゃん、すげーダサいけど」

コウちゃんの布団は、懐かしいコウちゃんの匂いがした。つまり、臭かった。コウちゃんの布団から、まさかバラの匂いがするわけないから、まだ現実感は失われてないんだな、と冷静に思った。

「俺、昔、あのとき、コウちゃんみたいになりたかったよ」

「知ってる」

「なんかさ。ねぇ。どうして人は、ダメになるの？　……」

そこで、意識が途絶えた。

＊＊

夜のナイフ、少年、中学生。

夜の真っ暗な道路に、俺は彼と二人でいた。

ポイントは、32。

その彼の顔に、俺はやっぱり、見覚えがあった。

「僕はお前みたいな奴が一番嫌いなんだよ」

「俺もそうだけどさ」

俺はため息をついた。彼と、どうやって和解していいのかわからない。

「でも、俺とお前、どっちかだけで生きてくのは、無理あると思うよ。やっぱり」

俺は冷静にそう言った。なんでそんな、普通のことが、今までわからなかったのか不思議だった。多分、頭ではわかってたけど、頭でわかってるだけではダメということが、人にはあるのだろう。

多分、そういうことなんだと思う。

「嫌だ」

そいつは震える声で、夜に光るナイフを、俺に向けていた。

「お前みたいな薄汚い大人に、僕は絶対なりたくない」

「諦めろって」

彼が突進してきた。

彼のナイフは、俺の腹に深々と突き刺さり、体は赤く黒い血に染まっていく。イニシエーション、という言葉が頭に浮かんだ。

「俺だって、お前が必要なんだよ。俺だけじゃ、生きていけない。でも、君だけでも、生きていけない」

やがて俺の体は、ナイフや彼の腕を飲み込んでいった。どろどろと流れる血の中に、彼の体はずずずと引き込まれていく。徐々にそいつは俺の中に入って、一つになっていった。

「死にたくないよ」

と僕は最後にそう言った。

＊＊

朝、チュンチュンと小鳥が鳴いていて、ああ朝チュンだ、と思った。俺の初めての朝チュン、ダメ人間の部屋。

むくりと起き上がる。目を落とす、コウちゃんはまだ寝ていた。だらしない寝顔を晒《さら》しながら。

無精髭《ぶしょうひげ》、やけに伸びてんな、と思った。見た目から既に、とても正業についてる人間には見えない。更に俺は、気がついてしまった。コウちゃんの若ハゲが進行していることに……。

　これあと数年で悲惨なことになるな、とコウちゃんの頭髪の世紀末的未来に思いを馳《は》せながら、服を整え立ち上がる。

「ん。おう。おはよう」

　コウちゃんの目がいきなり開いた。

「直人お前、今、黙って帰ろうとしてただろ」

「バレた？」

　コウちゃんはトランクス一丁で立ち上がり、あえてのダメージか仕方なくなのかわかりづらいジーンズを穿《は》いて、部屋の外まで俺を見送りに来た。

　外の日差しが眩しかった。ずっと、コウちゃんの暗い部屋にいたからかもしれない。

「直人」

　コウちゃんが俺に声をかけた。

　振り返る。

　みすぼらしいコウちゃん。

　コウちゃんと会うのは、多分これが最後なんだろう。

「言っとくけどな」

コウちゃんは急に真剣な顔になって、俺を真正面から見据え、やけにうやうやしく口を開いた。

「お前はお前の道を行けよ」

ドヤ顔で、コウちゃんは言った。

「だっさ」

吹き出してしまった。多分きっとコウちゃんは、そのセリフをわざわざ考えて準備してたんだろうなと思うと、尚更《なおさら》笑いがこみ上げてきた。

「コウちゃん、言っとくけど最後にそのセリフ、マジで死ぬほどクッソダサいから」

俺は笑いながら、コウちゃんに手を振り、それからアパートの階段を降りていった。

笑いながら、少し泣きそうになってしまう。ギシギシと、壊れそうな音が鳴る。白い光に照らされたアスファルトに、俺の影がさしていく。

第九話

静養、つまり家でおとなしくしてるうち、不思議と徐々に気力は回復してきて、また俺は病院にも通い始めた。すると引きこもることにも飽きてきて、外出するようになった。学校には行かないまでも、家の外をぶらぶら出歩くように。

ポイントはもう見えなくなっていたし、バグった数字が見えるということもなくなっていた。

俺はすっかり、普通に戻っていた。

こんなに普通でいいんだろうか。

普通に戻ったからって、それで問題が解決したわけじゃない。むしろ、何も手つかずのまま。問題だらけだ。そのまま逃げる気になれなかった。別に逃げてもいいんだけど、一人なら、それでいいんだけど。

俺はやっぱり、嫌だった。

それで俺は、学校に行くことにした。

何も言わず登校する用意をしている俺を見て、家族がびっくりしていた。

「無理しなくていいからね」

洗面所で顔を洗っていた俺に、母親が声をかけに来た。顔を上げる。心配そうな顔をしていた。

「ありがとう」

と返すと、母は意外そうな顔をした。

「何？」

「いや、やけに素直だから」

「そうか？」

「いつも、もっと反抗的じゃない」

それはあんたが悪いからだろ、そんな言葉を飲み込む。

一通り身だしなみを整えて、登校する。

「ちょっと」

教室に入ろうとしたところで、呼び止められた。

振り返ると、成瀬だった。

「おはよう」

俺が笑ってそう言っても、成瀬は何も答えない。しばらくして「その感じ、気味悪い」と言った。

「青木、学校来ない方がいいと思う。本当に。少なくとも、あと、まだしばらく」

成瀬に言われて、一瞬、怯む。

「そんなに？」

「みんなすごい怒ってるから」

うん、そうだろうな、と思う。せめてポイントだけ書いてれば、そうでもなかったのかもしれないけど。ポイントの内訳と、寸評まで書いていたのは、まずかったような気がする。ブスとかブサイクとか性格ブスとか、バカとか、空気読めないとか、口が臭いとか友達いないとか。ほとんどクラス全員分の悪口をノートに書いてた奴なんて、やっぱり、疎まれても当然だろう、という気もする。

「曽山が、すごい煽ってるから。青木潰そう、あいつ前からウザかったって。それで」

「いいんだ。別に」

「私は嫌だよ」

成瀬は、後ろめたそうな顔で言った。

「見てるのがつらい」

「気にしないでよ」

「ごめん、正直言っていい？」

俺は頷いた。

「私、青木の味方出来ないかもしれない私自身を見たくないから、本当は学校、来てほしくなかった」

それはしょうがないよ、俺は成瀬に言って、それから教室に入った。

皆が一斉に俺を振り返った。

「あー…………ごめんなさい。色々」

目を逸らされて、無視される。そりゃそうだ。別に、想像していたことなので、そこに驚きはない。

自分の机には、花瓶が置いてあり、丁寧に花が生けてあった。それを片付けて、座る。

昼休みまで、授業を普通に受けた。

どうやったら元に戻れるんだろう。

でも考えても、別に何をやったところで、一足飛びに、劇的に何か一気に、俺がクラスから受け入れられるなんてことはないだろうなと思った。例えばクラスメイト全員に向かって何か話したところで、それで何かが変わることはないだろう。むしろそんなことしたって、反感を買うだけだ。

結局、やれることといえば、一つ一つ丁寧に人と接していくしかない。

それでどうにかなるかは、わからないけど。

多分、それでも俺のことが嫌いなままの奴の方が、多いだろうけど。

でも、まだその方が現実的だ。

なるべく、いい人になろう。演じるとかじゃなくて。

ところが、昼休みが過ぎて五時間目のホームルームになり、先生が俺を壇上に呼び出した。

「あー、みんな知ってるように、青木が今日登校してきた。青木がいない間、みんなで色々話し合ったよな。詳しいことは先生も知らないけど、何か、ちょっとした感情の行き違いがあったんだよな。先生は、青木にも悪いところがあったと思ってる。でも、人間、誰でも間違いを犯すよ。先生が若いときなんかな。今の比じゃないぞ。もっと色々酷いことがあった。でもな、みんなでわかり合って、また元のクラスに戻ってほしい。で、青木、みんなに何か話したいんじゃないのか？」

うわあ。マジかよ、マジで勘弁してくれよ、と内心思った。見ると、クラスメイトたちが、虚ろな表情で俺をじっと見ていた。怖い。でもここで、話は何もありません、とか言うわけにもいかないだろう。

でもそれを、うわべだけの話で誤魔化すなら、今までと同じだ。誰も真面目に聞いてなくてもいいから、せめて正直に話そう、と思った。

「あの、俺」

皆の表情に変わりは何一つない。死んでる心電図みたいに、揺れも動きもしていない。

「俺のノート酷かったですよね。俺もあれは、酷いと思います。でもかつて、あれが俺の人生観でした。俺は、自分以外の人のことを、一人の人間として見てなかったんだと思います。だから、あんな風に平気で、人の寸評とか、書いてたんだと思う。ごめんなさい。

でも今は。それぞれ、人生があって、悩んだり傷ついたり、ずっとそのままでいたかったり、変わろうとしていたりする、そういう内面があるんだろうなって思ってます。

当たり前のことなのですが、それが俺はわかってなかったんだと思います。

別にすぐに、受け入れられるなんて思ってはないです。無理だと思うけど、俺はただ、今は、あんな風に人のことを見るのは、酷いことだと、それだけは本当に思ってます。

だから、あれを見て傷ついた人、申し訳ないです」

俺がそう言うと、クラスは、シーンとなった。瞬き一つなかった。

「みんなは、青木の話を聞いて、どう思った？」

誰も何も話さない。

「じゃあ、先生、当ててくからな。おい、水村《みずむら》、どう思った？」

「確かにあのノートを見たとき僕も傷つきました。でも青木くんも青木くんなりに反省しているということでした。先生の言うように間違いを犯さない人間はいないと僕も思うので、青木くんにはしっかりと反省してもらって、これからは仲良くしていけたらと思います」

「うん。他は？　じゃあ、吉井《よしい》」

「はい。私は青木くんの話を聞いて感動しました。素直に自分の間違いを認められるということは、なかなか難しいことだと思います。私は青木くんの謝罪を受け入れたいと思います」

「次、江中《えなか》」

「青木くんが自分の過ちを認めて、彼なりに真剣に謝ってくれたのは良かったと思います。確かに青木くんのしたことは許されないことですが、二度と同じ過ちを繰り返さないようにしてほしいです」

「次、浮木《うわき》」

「すみません。私は、前の人が言ったことと同じ感想です。私もそう思いました」

「次、権藤《ごんどう》」

「私も江中さんとだいたい同じです」

「次、成瀬」

「私は……」

成瀬は明らかに、困ってる風に見えた。

「青木くんが、何でそんな風になったのか、知りたいと思いました」

そして成瀬は、それ以上何も言わなかった。

「じゃあ、だいたい感想が出揃ったみたいだからこれでいいな。みんな、これからまた青木と仲良くできるか？」

担任がそう言うと、みんなほとんど一斉に「はい」と返事をした。

「じゃあ、俺は青木がクラスのみんなと上手くやれそうだって、青木のご両親にもそう伝えとくから。最後に、勇気を出して謝罪をした青木に、みんなで拍手しよう」

まばらな拍手が教室に響き、俺は、つらい、と思った。

相変わらず、誰も俺と目を合わせなかった。ただ今ので、一旦少しおさまっていた敵意とか悪意のボルテージが、一気に高まったのだけは、肌で感じた。

しょうがない。学校に来たら、そりゃ、こういうことくらいあるだろう。一つ一つ、耐えていくしかない。

クラスで一人だけ、憂鬱な顔で俺を見ていたのが、春日だった。

休み時間になり、生協に行こうと廊下に出たら、春日がついてきた。

「さっきの何あれ。ついてけない」

「まぁ人間社会、色々あるだろ。これでいちいちショック受けてたら、今の俺、学校来れないよ。それに。ちゃんと正直に言えて、それはそれで良かったと思ってるから」

春日はまだ釈然としない、という顔しながら、

「ってか青木、どこ行くの？」と聞いてきた。

「生協、鉛筆買いに。六時間目間に合うだろ、ギリで」

「あれ？　鉛筆派だったっけ？」

「いや、ないんだよ。シャーペン」

「それって」

「俺がなくしたんじゃない？　多分、これからもっとなくすだろうから、しばらく安い鉛筆使う」

教室に戻ったら、ゴミ箱に俺の鞄が捨てられていた。丁寧に、ちゃんと中身まで一つ一つ出して、突っ込まれ、生ゴミとかき混ぜられていた。

そりゃそうだよな、と俺は一つため息をついて、ゴミ箱を漁《あさ》った。


それから俺は、日々色んな恥辱に耐えながら、学校生活を送った。

春日が、たまに密《ひそ》かに、俺の机に書かれたラクガキを消したりとか、捨てられてる物を密かに拾って元の場所に戻したりとか、してくれてるのは気づいていた。俺はそれに、何も言えなかった。

一方成瀬は、たまに目が合うといつも、気まずそうな顔をしていた。その度俺は、申し訳ないような微妙な気持ちになった。

そんな風に俺が学校生活を再開させた一方で、姉はというと、ついに結婚を決めたらしかった。そのうち正式に、向こうの親にも挨拶に行くんだとか。

「姉ちゃん、十万かしてよ」

夜、一緒にテレビを見てるときに俺が言うと、

「は？　殺すよ？」

と姉は軽くキレた。

「ごめん。冗談」

「何それ。誰かにあげたら、なんかなるの」

「別になんともなんないよ」

「うざ。マジで」

テレビの中ではお笑い芸人が、普通の人を素人と呼びながら、いじって笑いを取っていた。

春日〉今どこ

ふと見ると、少し前に春日からＬＩＮＥが入ってて、心配になる。

春日〉青木、暇?

自分〉テレビ見てる
そのまま既読がついても、返事がない。続けて文句でも言おうかとしたら、
春日〉わかった
と返ってきた。

「姉ちゃん、ちょっと友達と遊んでくる」

そう言うと、姉は大きく目を見開いて、不気味なバケモノでも見るような目で俺を見た。

「なんかあんた、死にに行くみたいな顔してんね」

「単にちょっと眠いだけだよ」

家の外に出て、春日にLINEで場所を尋ねた。

春日〉マクドナルドの二階にいるよ

二階の窓際にいると言った春日の後ろ姿は、すぐに見つかった。見慣れた服、一緒に買いに行った服を春日は着ていた。

近づくと、声をかける前に、春日は俺に「遅いよ」と言った。夜だから俺の姿が窓ガラスに反射していたと遅れて気づいた。

「ちょっと家に帰りたくなくて。青木、朝まで一緒にいてくれない？」

なんだそれ、終電逃した女子かよ、と突っ込もうとしたが、振り返った春日の顔がヤバいことになっていたので俺は思わず小さく奇声をあげた。

「うわっ」

「え、そんなに私、酷い？」

春日の顔に黒マジックで落書きがされていた。多分、油性。目の周りにマジックが描かれ、口周りに髭が描かれていた。まるで教科書の偉人だった。

「誰にされたの？」

「曽山くん」

怒りがこみ上げてきた。

「私がちょっと、悪かったみたいでさ。ちょっと失敗しちゃって。曽山くんのことイラつかせたのかな。罰ゲームだって」

「それ、春日が悪いの？」

「……わかんない」

よく見る。額の髪をかき上げると、「私はバカです」と書かれている。

「よし、殺そう」

俺は曽山の家に殴り込もうと思った。その腕を、春日がつかんだ。

「もう、いいよ、そういうの」

「だって」

「それで何が解決するの」

途方に暮れたように春日は言い、俺は、その通りだと思ってしまった。

「それより、この顔見たら、お母さんとか、心配するでしょ。……だから、帰れない」

どうしようか、と春日に言われ、俺も全く、途方に暮れてしまった。

漫画喫茶に行ってみたところ、

「あの、すみません、年齢確認できるもの……」

と言われて、春日と二人、顔を見合わせた。

「あ、私あるよ」

と言って春日は鞄から高校の生徒手帳を取り出し、「すみません未成年の方はちょっと……」と言われていた。バカだ。

「世知辛い世の中だよね！　未成年はどこに行けばいいって言うのさ」

春日はムカついているのか、青少年健全育成条例に対して一人ぶつぶつ、ひとしきり悪態をついていた。どこに行く当てもないので、俺たちは繁華街近くの河《か》川敷《せんじき》を歩いた。

すっかり暗く、ネオンの光は遠くなり、だから、お互いの顔は見えない。

「ごめんね、青木」

「謝るなよ」

だってその顔、それ俺のせいじゃん。

二人で歩く。人の気配はさっぱりなくて、静かで、暗い。

「私、間違ってないよね」

背中でした春日の声はちょっとかすれていた。

何を言っていいかわからない。

二人とも無言になると、あとは春日の洟《はな》をすする音だけが河川敷にかすかに響き、それは随分、ダウナーなBGMだった。

そのうち、だんだんイライラしてきて、俺は振り返った。

「あのさ」

春日はキョトンとして立ち止まり、ただ、

「はい」と俺に言った。

「春日は、十分かわいいよ」

なんでこんな言いたくもないことも、言わないと伝わらないんだろう。

「またそうやって、心にもない」

「あるよ、心」

「だって」

俺はじっと春日を見た。

「かわいくなったって。自信持てよ」

抗議するように俺を睨んでいた春日の険しい顔が、やがて和らいで、柔らかくなった。

「そうかな」

春日の顔に、マジックで描かれた髭を見ながら、やっぱりバカみたいだ、と内心思ったけど。

「なぁ、春日」

俺は心に決めた。もう決めたし、あとはそれを実行するだけだと思った。

「俺、学校やめる」

「やめて、どうするの」

春日の目が、心配そうに揺れた。

「とりあえず、やめることだけ決めたから。だから、もう心配しなくていい」

「いや、するでしょ、心配」

「いいんだ、もう。決めたから」

一度何もかもリセットしたかった。

どっちにしろ、あのまま、普通に学校に通うのは無理な気がした。

やめると決めれば、一気に心が楽になった。

それと同時に、まだやり残したことがあるとも思った。

「だから、春日は何も心配しなくて大丈夫だよ」

結局、深夜、家族が寝静まる頃まで二人でいて、春日の家の前で解散した。

疲れた体を引きずって家に帰ると、十万円が机の上に置いてあった。
何か言おうと思ったけど、姉の部屋の前に立ったら、もう寝ている気配がしていて、結局俺は、何も言えなかった。

教室で成瀬に話しかけにくいから、LINEだけで会話するのが続いてた。
朝起きると、成瀬からメッセージが来ていた。
寝ぼけ半分で、朝の日差しより先に、スマホ画面の光を目に入れる。
成瀬〉悩んでる。眠れない
午前二時、成瀬がこのメッセージを送ってきていたその頃、俺はというと、ぐっすり寝ていた。
自分〉俺、自分がすごくダメな人間だって気づいた
すぐに既読はついた。
成瀬〉だから何
自分〉よく考えたら、成瀬のこと、俺、何も知らない
自分〉あんなにたくさん喋ってたのに、何も
成瀬〉私も青木のこと知らないよ

自分〉曽山のどこが好きだったの？
成瀬〉それは
成瀬〉多分
成瀬〉青木の言い方をするなら、ポイントが高いとこじゃない？
自分〉それ複雑すぎない？　俺のポイントが普通くらいなのが良いとか言って
成瀬〉そうかな。簡単だよ
そのまま、まだ成瀬とＬＩＮＥしてたかったけど、
自分〉またあとで
ベッドから起き上がる。
家を出るとき、「無理しなくていいんだよ」と、母が言った。それに俺は何も答えなかった。
成瀬〉朝苦手。眠ぃ
自分〉俺、学校辞めるかも
成瀬〉ほんとに？
そのまま、登校する。
教室について、一つ深呼吸。それから、中に入る。

教室に入ると、クラスの連中は、無表情の顔を俺に向けた。虫を見るような目。

俺は自分の席に座る。席があるだけマシだと思った。

授業は進み、昼休みになって、俺は曽山に声をかけた。教室の一番後ろ、親しい連中とつるんでる彼に話しかけるのは、それなりに勇気がいった。

「ちょっと、いいか」

「よくないけど」

曽山はニヤニヤ笑いながら俺を見た。

「何だよ」

そう言いつつ、曽山は俺についてきた。

誰にも見られないところで話したかった。

二人で、校舎を出て、外を歩く。手近なところ、学校近くの公園。

「で、何」

「あのさ」

声が震えるとダサいので、低く抑えるように気力を出す。

「春日に酷いことすんの、やめて」

「なんでお前に命令されなきゃいけないの？」

曽山は笑って、スマホをいじった。

公園の木々が、ざわざわ揺れる音が聞こえた。

「土下座でもしたらいい？」

「つまんないこと言うなよ。お前の安い土下座なんか見たくない」

「じゃあ」

「なんか面白いことないかな？」

曽山は周囲を見渡し、

「あれにしようぜ」

公園の隅にあった池を指差した。

「午後の授業、ずぶ濡れで受けてくれたらいいよ」

俺が呆気にとられてると、曽山はニヤニヤ笑いながら、

「さあ、早く」

と曽山は手拍子を始めて、俺を促した。

うんざりした。

俺はジャンプして、池に突っ込んだ。水しぶきが跳ねて、「うわっ汚《きた》ねえな」曽山のズボンにちょっとかかる。

池の底に立て膝をついて、俺は曽山を下から見上げて睨んだ。

「曽山、約束守れよ」

「どうだろな」

曽山は俺を置いて、先に教室に帰っていった。

五時間目、教室を埋め尽くす「何あれ」ひそひそ声、俺のシャツから滴り落ちる水滴。

「青木、お前なんだそれ」

社会科の教師が俺のその姿を見て、困惑気味に言った。

「昼休み、池で泳いでたんで」

「……保健室行って着替えてこい」

「嫌っす」

教師は俺の席の前に立ち、心の底から面倒臭そうな目で俺を見た。

「お前な、ふざけるな」

「ふざけてないです」

「いいからお前、出ろ、教室」

「嫌」

そのまま彼は、脇の下をつかんで、俺を無理やり立ち上がらせようとするので、机をつかんで抵抗した。

顔を真っ赤にして俺を立ち上がらせようとしていた教師だったが、もともと熱意溢れるタイプではないせいか、そのうち諦めた。

「勝手にしろ。俺はもう知らん。でも青木、お前今日の授業、欠席扱いにするからな。お前みたいな奴は、人権ない。ここに存在しない人間として数える」

でも俺はもう出欠なんて心からどうでもよかったので「それでいいです」と返事をした。


放課後、曽山に呼び出されて校舎の裏に行った。

校舎裏はグラウンドに面してて、誰かが部活の準備なんかしてる声が聞こえてくる。そこから時折、視線がこっちに飛んできていた。

「これで良かっただろ？」

俺が言うと、曽山は笑った。

「本当にやるとか、マジでウケるよ」

俺は、着ていたシャツが濡れてるのが鬱陶しくて、服を脱いだ。それから、脱いだシャツを絞った。水が流れて、地面に落ちた。

「春日なら、ここに呼んでるから。あと、ついでに、成瀬も」

春日が、校舎の廊下から出てきた。暗い顔だった。でも、成瀬の姿は見当たらない。

「本人に決めてもらおうぜ。なぁ、春日。見ろよ。情けないだろ」

曽山は唇を釣り上げながら、春日に向き直った。

「青木くんがさ、もう俺たち会うなって。それでいい？」

春日は、曽山のそれには答えなくて、

「……今日、青木が濡れてたの、曽山くんがやったの？」

と彼に聞いた。

「そうだよ」

「なんで？」

「そう言われると、なんでだろうな」

曽山は芝居掛かった調子で顎に手を当てて、思案げな表情を浮かべてみせた。

「多分、こういうことに意味なんかないんだよ」

正解が浮かんだ、というスッキリした顔で曽山は言った。

「別に俺がこの学校にいなかったとしても、他の誰かがやってることだろ。だから、俺が悪いわけじゃない」

それはそれで、真実かもしれない。別に曽山は、ズレたことは言ってない。

「単に青木が鬱陶しかったから、それだけだよ。みんなそう思ってるから、クラスの気持ちを代弁してるだけじゃん。だから俺、悪くないと思う。現に、誰も文句言わないだろ？　そう仕向けたのは俺かもしれないけど。遅かれ早かれ、そのうちそうなってただけだよ。

だってそれが暗黙の了解じゃん。

誰が一番悪いかって言ったら、俺、やっぱり青木だと思うんだよな。

秩序があるじゃん。それって、自分のキャラの範囲で振る舞うっていうルールだろ。それを、何か勘違いして、言っちゃいけないこととか、やっちゃいけないこととかやる奴は、そりゃ、罰を受けてもしょうがないと俺は思うよ。俺に舐《な》めた口利くとか。心愛と付き合おうとするとか。そういうこと、青木程度の人間は、やっちゃいけないんだって」

曽山はやがてまた退屈そうな顔に戻って、「そろそろ部活だから、俺行かなきゃだけど」と自分の都合を言った。

「あ、そうそう、あのノート、あれ、やったの俺だから」

するっと曽山は、なんでもないことのように言った。

「いや、え……っと、なんで？」

「だから、なんでとか、そういうの、ウザいって」

曽山は小馬鹿にしたように俺を見て笑い、「もう話はついただろ」と俺に確認するように言った。

「いや、待てよ」

俺が行こうとする曽山の腕をつかむと、曽山はそれを振り払い、俺に足をかけて押し倒した。そのまま、上から蹴りを入れられる。痛覚が麻痺《まひ》してるのか、強く蹴られてるのに、痛くなかった。

「お前、今、こういうキャラだから」

そのとき、春日がそばの蛇口を思いっきりひねった。驚いて、俺も曽山も、彼女に視線を移す。春日は、手近にあったバケツに、溢れ出るほど水を注いだ。

それから、その水を持って、こっちを見た。春日は、気ぜわしく息を吸って吐いてを繰り返していた。それから、彼女はそのバケツに入った水を頭上に掲げ――そのまま、自分に向けて振り下ろした。

春日は、ずぶ濡れになって立ち尽くしていた。

「……何それ。どういう意味合い？」

曽山は苦笑しながら、春日に言った。

「行こう、青木」

春日は俺の手を引っ張って、俺を無理やり、立ち上がらせた。

「そうやって、惨めな弱者同士で馴《な》れ合《あ》ってりゃいいよ」

「惨めなのは、曽山の方だよ」

成瀬の声がした。

曽山の後ろ、校舎の柱にもたれて、こっちを見ている。いつから見てたのかは知らない。

曽山は振り返って成瀬を睨んだ。

「そんな口利いていいの？　知らないよ、俺。校内放送であれ、流しちゃうかも」

曽山がそう言うと、成瀬は黙った。

「成瀬、やれよ。今のバケツ、お前が青木に。そしたらさっきの、聞かなかったことにしてやる。いいから。やれ」

不思議に成瀬は、催眠術にでもかけられたように動いて、蛇口を捻《ひね》ってバケツに水を溜め始めた。水がバケツに注がれる音、それだけが響いていた。

そして成瀬はその水一杯のバケツを顔の高さまで掲げて、俺の前に立った。

「いいよ。成瀬」

俺は全然、受け入れていた。

「やって」

成瀬の顔が、くしゃっと歪んだ。

それから成瀬は、バケツの水をぶっかけた。

――曽山に。

ずぶ濡れになった曽山が、恫喝《どうかつ》するように成瀬に言った。

「お前、それ何やってるかわかってんの?」

「いいよ別に」

「損するのは自分だよ」

「でも人生、損得だけで生きられるほど、甘くないよね。ってたった今思った」

成瀬は俺の手を取って、

「行こ」

そして春日も俺の腕を引っ張って、走り出した。

校門を出ても、春日は何かを吹っ切るように、走った。

「おい、春日」

俺は走るのが疲れてきて、春日に言った。

「春日、止まれよ」

だんだん、アクセルを離した車みたいに春日の足は熱を失って、やがて止まった。

それで俺と成瀬も、立ち止まる。歩道の脇で三人、日差しを浴びながら、立ったまま話した。

「私、本当は」

春日は悔しそうな顔で言った。

「曽山くんにぶっかけようと思ったけど、出来なかった」

俺が春日だったら出来ただろうか？　と俺は想像した。

「でも私、すっとした」

成瀬が言って、春日は思い出し笑いでもするようにクスッと笑った。

「明日からクラスでどうしよう」

あはは、と笑ってから春日は急に、落ちた顔になって頭を抱えた。

「っていうか成瀬さん、一つ気になるんだけど」

自分の命運よりそっちが気になる、という感じで春日は聞いた。

「さっきの、曽山くんの。曽山のあれ、何。なんか脅されてんの？」

「あー……聞きたい？」

「言いたくないなら」

「言いたくないけど言いたいから言う」

成瀬は両手で顔を覆って、

「やっぱり言いたくない」

しゃがみ込んでため息をついた。

俺もしゃがんで、成瀬の手をどけた。

「聞かせて」

「青木、私のこと嫌いになるじゃん」

「なんないよ」

「『なんないよ』って私は言って、青木のこと、嫌いになったじゃん」

「それ、今も？」

「今もじゃないけど」

「だったら」

「動画、撮られてたの」

「…………………………………………」

「動画」

「それって」

「うん、それ」

「つまり」

「ネットでばら撒《ま》くぞって脅されて。それで青木のノート、取り上げられて」

俺は考えた。なんとかしないと。でも、何かを選び間違えたら最後、待ってるのは地獄な気がした。

「どうしよう。ごめんね」

悪くないじゃん成瀬。

「理想の女の子じゃなくて、ごめん」

考える。

「xvideos にアップする、って言ってた」

キレた。

第十話

震える声で、言う。

「俺、なんとかする」

「青木は何もしなくていいよ」

そう言われてしまう自分が、悲しい。

少し考えて、携帯電話を取り出す。

曽山の電話番号にかけた。

「曽山。ごめん」

「なんだよ今更」

「俺、謝りたくて」

俺がそう言うと、春日も成瀬も、驚いたような顔をした。

「誠意伝わらねー」

「ちょっと待って」

俺は成瀬と春日から距離をとり、路地裏で曽山と電話を続けた。

「十万あるから」

「で？　くれんの？」

「曽山の家に、渡しに行っていい？」

「今、外だから、こっち来てくれた方が便利」

「じゃ、どこに行けばいい？　できれば、人目につかないとこがいいけど。本当に、他の人いるとあれだな」

「いいよじゃあ、公園来てよ」

「わかった」

電話を切って、一旦家に帰った。

台所で包丁を探した。家族が家にいなくて良かった。

冷蔵庫から大根を取り出して、試しに切った。音を立てながら、輪切りにした。結構、力がいるなと思った。

すぐ取り出せるように包丁を小さめのウエストバッグに入れて、外に出た。

公園に行くと曽山がいて、開口一番、「反省した？」と聞かれた。

「十万、持ってきたけど」

俺はポケットから封筒を出して、中身を見せた。

「それ、上の一万円札以外白紙とかじゃない？」

「そんなのしてないよ」パラパラめくってみせる。

「曽山、本当に一人で来たんだよな」

「だって知り合い連れてたら、後で奢《おご》んないといけなくなる。面倒臭い」

曽山は涼しい顔でそう説明した。

「そのかわりなんだけど」

と俺が言うと、ぷっと曽山が吹き出した。

「交渉？　ウケる」

「成瀬の動画、消して」

「あー、話したんだ」

曽山は笑いながらスマホを取り出し、何かデータを探すように指を動かした。

「言っとくけどこれ、嫉妬とか未練じゃないから。青木が成瀬好きだとか、気持ち悪いのが許せないだけ」

「知ってるよ」

「身の程知らない奴が嫌いなんだよね、俺。お前は自分のキャラに不誠実だからやられるんだよ。俺たちは、ただ真面目なだけ。言っとくけど、みんなもっと真面目に、誠実に生きてると思うよ。青木より、ずっと」

それから、

「あ、消す前にお前も動画見たいだろ?」

と曽山は言った。

「興味ない」

頭の中は不思議と、どんどん冷静になっていった。

昔から、もう早くこんな茶番も、自分の人生も終わればいいと思ってた。

だから、いい機会だと思った。

「ほら、じゃあ、消すとこ見せるから」

曽山は俺に携帯画面を見せながら、削除ボタンを押してみせた。

「これでいいだろ?」

「そうだな」

俺は十万が入った封筒を手渡した。

曽山は銀行員みたいに扇状に札を広げて、一枚一枚数え、「たしかに」と言ってそれをポケットにしまった。

「でもさ」

曽山は愉快そうに言った。

「家のパソコンに、動画、バックアップ、取ってるけどな」

まだ動くな、自分に言い聞かせる。

完璧なタイミングが、もうすぐあとにきっとある。

ゲーセンで、曽山とゲームしたときのことが頭を過ぎった。彼が、ゲーム機のレバーから手を離したときのように、気を抜く瞬間がくるのを俺は待った。

「おつかれ」

曽山がすっと背を向けたときに、急いで包丁を背中に押し当てた。

刃先の先端に、力を込める。

「曽山の家まで行こうぜ」

多分初めて、少しだけ、曽山は焦ったような気がした。

「お前それ、シャレになってないからな」

その曽山の言葉が、もう引き返せないんだからな、と言われてるような気がした。

別にいいよと思った。

さよなら、人生。

でもまだまだ曽山は余裕そうで、内心、俺の方があまり余裕なかった。

「青木、お前後で半殺しにするから」

歩きながら春日に〈曽山の家来て〉とＬＩＮＥした。

「っていうか、青木、本当に刺せんのかよ？」

わからないけど、曽山が死ねばとりあえず動画は大丈夫だろうという気がした。

着てきた上着で包丁を隠しながら、二人で歩いて曽山の家に向かう。

家の中に入り、階段を上り、曽山の部屋に入る。

曽山の両親は今日もいない。


「これで全部？」

曽山が出したノートパソコンと外付けのＳＳＤ、それだけじゃない気がした。

「まだあるだろ」

包丁の切っ先を曽山に向けながら、部屋を見渡す。曽山が諦めたようにＤＶＤを机の引き出しから出した。

「もうないって」

「それ、入れて。なんか、安物のカバンに」

曽山が舌打ちしながら、布のトートバッグに、パソコンやらを詰めた。

「渡せ」

俺何やってんだろうな、と思う。

受け取ったバッグを持って、

「十万も返せよ」

と言うと、曽山は諦めたように、封筒を俺に渡した。

「青木これ、俺あとで誰かに言うよ？」

「いいよ」

「事実は、お前が俺の家から、ノートパソコンを盗んだ。包丁で脅して。それだけ」

「だから、いいって言ってんだろ」

曽山の家のインターフォンが鳴った。

「俺の親、帰ってきたかもな」

曽山はニヤニヤ笑って言ったが、それは嘘のような気がした。

多分、春日だ。

何も反応しないまましばらく待つ。

心臓が、忙しなく脈打つ。もう少し落ち着いてほしい。

階段を上る足音が、俺たちのいる部屋に近づいてくる。もし曽山の親だったらゲームオーバーだ。

「何してんの、青木」

やがて、やっぱり来たのは春日だった。服が濡れてたから着替えて、それしかなかったのか何故か、上下ジャージだった。無表情のまま、一息つく。

「それ、持って帰って」

春日にバッグを渡す。戸惑ったような顔をされた。

「何それ」

春日は怒ったように、

「青木、人生やめるの」

と言い、

「ずっとやめたかった」

俺は素直に頷いた。

次の瞬間、包丁が手から離れた。

曽山だった。

俺から包丁を奪い取った曽山は、その柄で俺を殴った。

意識が一瞬白く飛んで、次の殴打の衝撃で視界が戻る。
耳鳴りがしていた。
春日が何か叫んでいる。聞こえない。
何度も何度も殴られ、蹴られ、俺も殴り返して、もみ合いになった。
それから曽山は、俺の頭の横に包丁を突き立てて、
「お前みたいな何の役にも立たないクズなんか、マジで死ねばいいんだよ」
と言った。
曽山の背後で、春日が、部屋の隅にあったテレキャスターを振りかぶるのが見えた。
フルスイングで、曽山の脳天を打った。
曽山が、白目を剝いてふっ飛んだ。
俺は包丁を奪い取った。
見る。
頭を押さえて曽山がうずくまってて、チャンスだと思った。
やっとゴールだ。
包丁を振りかぶる。
曽山に向かって突き出した包丁を、春日が素手でつかんだ。

春日から、血が流れた。

「ダメだよ」

と言われて、俺は、力が抜けてしまった。


それから深夜の公園に、俺は成瀬を呼び出して、春日も含め三人で、曽山のパソコンをぶっ壊すフェス2018を開催した。

曽山のテレキャスターで、順番に、パソコンをガンガン殴って、叩《たた》き壊《こわ》していった。

「スイカ割りみたいで楽しい」

成瀬は笑ってそう言った。

「運が良かったよね」

と春日がふと暗い声で呟いた。俺もそうだと思った。

多分何かのタイミングとか、例えば歩く歩幅が少し違っただけで、これはもっと別の話になっていたような気がする。

少し間違えれば、俺は今頃どこかの川に簀《す》巻《ま》きにされて沈められるか、しているだろう。それか、殺人犯として少年Aになっていたから、今はラッキーなのだと思った。

「結局、ポイントって、何だったの?」

春日が聞いてきた。

難しい問題だった。

でもポイントは、人に認められる価値で、結局、そんな「多くの人に価値を認められている美点」というのは、交換可能なものだ。

人の持つ要素を分解して、その加点要素や減点要素を数えることは、人をそうした、誰でもいい存在に変えてしまうことだと思う。

そんな風に人を見れば、人はすぐ物に変わってしまう。

そんなに簡単じゃない。

色々ある。

例えば、誰かの中には、自分にとってしか価値のないことがある。

誰かを特別に思うとか、誰かにとっての特別になるって、きっと、そういうことなんだと思う。

「この世界がもし、俺たちに、ポイントをつけてくるなら。俺はそれには乗らないよ。本当に」

俺はテレキャスターを、パソコンに振り下ろした。

「俺、ポイントにならない何かを信じてる」

「ごめん。笑っちゃった」

俺の話を聞いていた春日が、苦笑いした。

「要するに青木の言ってることとって、超普通のことじゃん」

「……そうかも」

「そんな簡単なことに気づくまでに、これだけ傷つかないといけなかったの？」

そう言われると、こっちもちょっと笑いたい気分になってきた。

「でも、もう変に迷わないよ」

「だったら、悩んだ意味もあったのかな」

春日は俺からギターを受け取って、何かセリフを探すように思案し、やがて、

「さよなら、xvideos」

と叫んで、パソコンを木《こ》っ端《ぱ》微《み》塵《じん》に吹っ飛ばした。


あとには十万円が残った。

後日翌日、家の近くの花屋を探して、閉店間際の開いてる店に入った。

「バラの花束、ください」

何本いりますか、と聞かれたので、あるだけ、と俺は答えた。

数日後、家に届いた。宅配されてきたその花束を見て、勘のいい姉はすぐ、「ってかこれ私の金じゃん。ふざけてる」と気がついていた。

それから、俺の頭をゲンコツで殴って、「ありがとう」と笑っていた。

結局俺は、学校を辞めなかった。

それで、別に何か劇的なことがあったわけじゃない。俺は相変わらずいじめられていたけど、やり過ごしただけ。何も変えられなかった。

ただ、一年間が終わっただけだった。

一年生が終わり、二年生になって、クラス替えがあり、色々少し和らいだと思っていた。

勘違いだったんだけど。

成瀬とは別のクラスになった。俺と春日だけ一緒のクラスだった。それから、曽山も別のクラスだ。

あれからけっこう、俺たちは三人で遊ぶようになった。他愛無いこととして三人で遊ぶのが居心地がよかった。持ち回りでお互いの部屋を行き来して、俺の部屋で遊んでいたとき。

ふと俺は思った。

このままだったらいいな。

ずっと三人で、人に上手く説明出来ないような感じが続いたらいいなと思った。

「なんか、今の私たちってよくわかんない感じだけど」

成瀬が、傘の水滴を水たまりに落とすみたいにぽつんと言った。

「わけわかんないけど楽しいって、貴重で奇跡だよね」


その日は遠足で、結構きつい山だった。男の俺でも、登るのがつらい。

そのうち、春日が脱落し始めた。

「ちょっと待ってて。様子見てくる」

そばにいたクラスメイトにそう言ってから、俺は来た道を引き返した。

百メートルくらいだろうか。歩いたところで、「先行ってるよ」と、クラスの集団が言うのが聞こえた。

ちょうど逆光で、それを言ってるのが誰なのか、顔が全然見えなかった。

「すぐ分かれ道、右行ってあとはまっすぐだから」

と、その誰かは言った。

「ありがとう」

「あのさ」

「ん？」

何だろう、俺は間の抜けた返事をした。

「今までのこと、あなたが一番悪いんだからね」

最後まで、それを言ってるのが誰なのか、わからなかった。ただ、黒い影が見えているだけだった。

それから春日のとこまで行って、様子を見た。

「ちょっと擦りむいた」

見ると、膝から血が出てる。絆創膏《ばんそうこう》、自分で持ってきたと言うので、リュックからそれを出して膝に貼る。

振り返ると、もうクラスの集団の姿は見えなくなっていた。

山を登っていくと、やがて、さっき言われた分かれ道が見えてきた。

「これを右らしいよ」

「本当に？」

その獣道をまっすぐ行く。いくら歩いても、集団に追いつけなかった。

一時間くらい歩いたところで、様子がおかしいことに気づいた。

さっきから、ただの一人もすれ違わない。俺たち以外に、誰もいない道を歩いていた。

「なんか、道、迷ってない？」

「……俺もそう思う」

立ち止まって、遠足のしおりに書かれていた地図を見た。でも、自分たちが今どこにいるのかさっぱりわからない。

「元来た道を引き返す？」

「疲れた」

春日はそばにあった巨大な石に、へたり込むように座った。

「携帯の地図見たら？」

「圏外な」

「お腹《なか》すいた」

二人でおにぎりを食べながら、一息ついた。

「もしかして、嘘教えられたんじゃないの」

「そうかも」

俺も冷静に考えたらそんな気がしてきた。

「遭難したね」

「大げさだな」

「引き返した方が無難だね。……元来た道ちゃんとわかる？」

「春日は？」

「私、方向音痴。あ、まさか」

「いやいや。大丈夫だろ」

元来た道を引き返そうとして、でも意外と分かれ道が豊富なことに困惑した。

「どっち？」

分かれ道で春日が聞いた。

「こっち」

俺が右を指し示すと、春日は反対を指差した。

それを繰り返すうち、いよいよ本格的に、自分たちが迷ってることに気づいた。

「やばくない？」

「うん」

夕方から夜になった。

春日は諦めたように立ち止まり、冷静な口調で言った。

「もうこれ以上、動き回らない方がいいんじゃないかな」

「それって……」

それまで、ちょっとはぐれたくらいだと思っていたのが、だんだん、事態が大げさなことになってきていると気づいて、一気に危機感が湧いてきた。

「野宿？」

「それまでに誰か見つけてくれるでしょ」

春日は、一旦そう決めたらもう何か覚悟が決まったのか、木にもたれてすっかりくつろぎ始めた。

俺は地面にうずくまり、しょうがないよな、と呟いた。


夜になっても、誰かが来る気配はない。

ネオンも街灯も何もない山の中は真っ暗で、人の気配もなく、静かだった。

春日と二人で、リュックを枕にして、寝転がった。

「なんで春日は、曽山のこと好きになったの？」

今更だと思ったけど、俺はあえて聞いてみた。

「女の子は多分みんな、最初、曽山のこと好きになるんだよ。男の子がみんな成瀬さんを好きになるように」

そう言われると、俺にも思い当たる節があったので、春日の言葉はすんなり飲み込めた。

「でもだんだん、人の優れたところを好きになるのが、虚《むな》しくなってく」

「昔、俺の姉ちゃんが言ってたんだけど」

俺はそのときの会話を思い出しながら、話した。

「子供のときは、足の早い男の子が好きだったたって」

コウちゃんは学生時代、常にリレーでアンカーだったと、よく無駄に自慢していた。

「それがだんだん、喧嘩の強い男を好きになって、頭のいい人が好きになって、友達が多い奴が好きになって、今は年収が高い男が良くなったたって。でも、このあとどうなるんだろう？　って言ってた」

「でもさ、足の早い男子が、怪我《けが》をしてもう一生走れなくなったとしても、それでもきっと好きなままだから困るよね」

春日も俺も、ただ行く先を決めずに純粋に話してるだけだから、この会話がどこにたどり着くのかわからない。

「私はね、多分、好きになる前と、好きになったあとで、好きが変質するんだと思う」

春日はじっと自分の手のひらを見て、それから俺の方に伸ばした。

「こうやってね」

白い手が、祈りを捧《ささ》げるみたいにやって来て、俺の視界を染めた。

「好きになって、手を伸ばして」

無意識に、俺も同じように手を伸ばす。

「二人で手を握り合うと」

手が重なり、指と指が絡み合う。

「最初は気持ちいいかもしれない。でも、ずっと握り続けてたらだんだん、つらくなってくるんだよ」

春日が手を引くと、俺の手は伸びて、指が絡むたび、互いに弄び、手を開いて合わせあい、あちらの手がこちらをつねっても、離さない。ゆるくおだやかにかと思えば、強く引き押し合い、それでも手は繋いだままだった。

「呼吸を合わせて、お互いに変わり合わないと、いつまでも手を握ってられない」

やがて手の動きは止まり、静かに指が爪を撫《な》でた。

「それでも、ここが落ちてく空や海でも、お互いが手を離さない。そう信じてる。それが本当の好きなんだと私は思う」

俺が何も言わないでいると、春日は、

「もっと、悩んでよ」

と言って微笑んだ。

「私、成瀬さんが青木のこと好きになるのも、わかる気がする。多分、そういう青臭いとこが、青木の本質だから」

春日はすべての指で、抱きしめるように俺の手を握って言った。

「私、青木のそうやって悩んでるとこが好きだよ。別に、青木がずるいだけの人だったら、そんなに興味なかったと思う。悩んで、一生懸命にもがいて、答えを出す青木が好き。はっきりしてる方が、かっこよく見えるかもしれないけど、それでも私は、青木が好きだよ」

俺はただ正直に言うだけで良かった。

「俺は春日に、救われてたと思う」

ずっと、誰といても一人で、心細くて死にそうだった。

「今も。それは続いてる」

俺はだんだん、本当に久しぶりに、思ってることと口にすることが、重なり合うような感覚を取り戻していた。

「ありがとう」

翌朝、俺たちを探しに来たおじさんたちに助けられて、俺たちは無事に下山した。

「二人とも、生きてて良かったよ」

あとから成瀬に言われて、俺もそうだなと思った。

日曜日の夜、外を歩いてたら、なんの変哲もない橋のたもとに、人だかりが見えた。何かのイベントだろうか、芸能人が来てるとか。そう思いながらよく見ると、そこにいる大勢の人たち全員が、スマホに目を落としているのに気づく。それで、なんだポケモンGOか、とわかった。

そのたくさんの人たちの中に、成瀬がいて、瞬間、目が合った。

「ちょっと待って青木。今忙しい」

「いいよ。またな」

俺が行こうとすると成瀬は俺の腕をつかんで、「待ってて」と言った。

暇だから成瀬のスマホを覗き込んだ。モンスターボールが飛んでいく。

「成瀬って、ポケモン集めてたんだ」

「歩くし、いい運動にもなるしね。青木の趣味は？」

「引かない？」

「今更」

「人を殺すゲームが好き」

「別に普通じゃん。男子ってそんなもんでしょ」

成瀬は忙しなく指を動かして、目当てのポケモンを捕まえた。「よし」と呟いて、彼女はスマホを穿いてたジーンズのポケットにしまって、それから俺に言った。

「そんなの心の闇でもなんでもないじゃん。バカなの？」

成瀬に真顔で言われてみると、なんだかそんなことに幾ばくかの後ろめたさを感じていた自分のことが、バカらしく思えてきた。

「ちょっと歩こうよ」

成瀬はそう言って、俺の返事を待たずに先に歩き出した。俺は慌てて、彼女の後を追う。

二人で、その向こうに何の用事もないのに、鉄で出来た大きな橋を渡っていく。

「青木は、人を殺すゲームをやってたら、人を殺せるようになると思う系？」

「でも、コロンバイン高校の犯人はゲームやってたし。よく言うだろ。現実と妄想の区別がつかなくなって、人を殺すようになるんだって、テレビで」

　成瀬はちょっと笑って、歩きながら両手を空に伸ばした。

「大人ってすぐ、自分のよく知らないこと、調べることも体験することも話を聞く手間も惜しんで、自分のノリとフィーリング、勝手な妄想で答え出すから。そんな風に、自分の妄想と現実の区別がついてない人たちがいるんだよ。そう考えると人間って、妄想を生きてるんだなって思うよ」

　大きな川の水面《みなも》に、街の光が反射して揺れていた。

「でも恋愛もそういうとこあるよね」

　と成瀬は言い、俺は、彼女が今、何か言おうとしてることに気づいた。

「相手のことをよく知らないで、勝手に妄想して、自分の中のその妄想に恋してる。相手の真実を知らないままで。青木が私を好きだったように。私が青木を、好きだったように」

　歩いていくにつれて、ありきたりな景色は映画のエンドロールのように流れていく。

「私、ずっと考えてたんだけど。多分、理由があるから好きになるんじゃなくて、好きになってから、理由を探すんだよね。

そして見つけた理由を信じたいのは、それで安心したいからだよ。自分の好きになる理由が正常であればあるほど、生存が、脅かされないから。

きっと、青木の言い方で言えば、みんなポイントを探してるんだと思う。ポイントが見えないと、その人の輪郭が溶けてなくなっていくみたいで、それはやっぱり怖いよ。

曽山よりポイントが低い青木を好きになったのは、青木なら私に酷いことしないし、多分私のことが好きだし、何より、私の思い通りになるって思ったから。でも青木があんな風に転落して、私はそれでも青木が意外と好きで、何なんだろうこれ、ってずっと考えてた。

青木が私に見せてた取り繕ってたキャラがなくなって、何もなくなって、考えた」

成瀬は立ち止まって、俺を見た。

その綺麗な顔は、何もない空のように澄んでいた。

「多分私が好きなのは、本当の青木が、すごく純粋なところなんだと思う。

純粋な自分を守ろうとして、色々誤魔化してたあの頃の青木より、私、今の素のままの青木が好きだと思う。

だから青木、純粋なままでいてよ。

なんとなく私と付き合わないといけないような気がして、それで決めようとしてるのは嫌。

フェアに考えてほしい」

俺には、その成瀬の姿が、すごく堂々として見えた。

「わかった」

俺が真面目にそう言うと、成瀬は照れたように顔を伏せて、呟くように言った。

「私、こんなに自信ないの初めてだから。すごくドキドキしてる」

しばらく二人で無言でいた。

通り過ぎていく自転車の風が、俺たち二人の服を揺らし、それをきっかけに俺たちは帰った。


家に帰ると縁側で、結婚式の準備で忙しいはずの姉が、缶チューハイを飲んでいた。

俺が隣に座ると、姉は何よという顔をした。何でもないよ、という顔を俺は返しながら、ふと聞いた。

「あのさ。姉ちゃんって昔、学生時代、男友達っていたことある？」

「全然あるよ」

「来るの、結婚式」

俺が言うと、姉は笑って、「来るわけないじゃん」と言った。

「でもそういやなんでだろうね？　私が呼ぶ男の人、会社の人くらい。別に世の中の人、みんながそうなわけじゃない、と思うけど……」

「呼んでみたら？」

と俺が試しに言ってみると、姉は意外に素直に、「そうしてみようかな」と言って、スマホをいじり始めた。

「あのさ、姉ちゃん」

俺はずっと気になってたことを、聞いてみることにした。こんな風に二人で話す瞬間はもしかしたら、もう二度とないのかもしれないと思ったから。

「どうしてあの人と結婚するの？」

「だってお金がなかったら生きていけないじゃない」

姉はスマホから目を上げないで答えた。

「現実でしょ、それは。いつまでも綺麗なことだけ信じて生きてられる年齢じゃなくなっただけだよ」

「それで、本当にいいの」

俺が聞くと、姉はムッとしたような顔で俺を見た。

「子供欲しいし。育てるためには必要なものがあるし。そういうもんでしょ」

姉はそれからちょっと顔を和らげて、外の空に視線を移した。

「だけど、私、子供が生まれたら、綺麗なことだけ言って育てるんだ」

姉は手元に置いていた爪切りで、足の指を切り始めた。

「もし女の子なら、きっと最初に好きになるのは足の早い男の子なんだろうな」

姉が何かの未来を思い浮かべている間、爪を切る音だけが、鳴っていた。

「しんどいよね」

小さく姉は、欠伸をした。

「でもあんたは綺麗事だけ信じてりゃいいよ。まだ子供なんだから」

と言って、姉は軽く俺の頭をポンと叩いた。

「うん」

俺は自分の部屋に行こうとして立ち上がり、階段に足をかけたとき、やっぱり気になって姉に聞いた。

「コウちゃんのこと今でも好き?」

姉はしばらく、何も答えなかった。

爪を切る音が止まる。

静かだった。

長い間があって、姉は言った。

「内緒」

おやすみ、と言って俺は階段を上った。


春日と二人で昼休み、パンを食べてた。学校の、校庭のベンチで。

「青木、最近、変わった」

「そう？」

「なんか、人の目を気にしなくなった気がする」

「まぁ」

俺はパンを一口、齧《かじ》る。

「色々あったから」

「あったね」

「春日の影響なんじゃない？」

俺が言うと、彼女は、少し嬉しそうに笑った。

「私の勝ちかな？」

「勝負してたんだっけ」

俺が言うと、春日はじっと俺を見た。

「わかったよ」

日差しが眩しい。

「俺の負け」

そこに、俺たち二人の姿を見つけて、成瀬がやって来た。

「何の話してんの？」

「青木がちょっとカッコよく見えるって話」

すると成瀬は、両手の親指と人差し指でカメラのファインダーを作って、片目をつぶって俺を覗き込んだ。

「どうかな」

それから成瀬は、そういえばといった感じで、「なんか最後に三人で楽しいことしたい」と言った。

「思い出作り」

俺と春日は、顔を見合わせた。

「夏祭り行かない？」

と、成瀬はどこかでもらったらしいチラシを出して、俺たちに見せた。

ものすごい行列で、死にそうになる。

夏祭り当日、春日と成瀬と三人で、電車を降りると、駅から会場までの歩道橋に、人がぎゅうぎゅう詰めで並んでいるのが見えた。

「ダルくない？」自分から言い出したくせに、成瀬が真っ先に言った。

「私も無理かも」

「俺も」

それで俺たち、夏祭り会場から逃げ出して、てくてくと歩いた。

そうやって、普通の青春からズレていく。

近くの公園でフリスビーが捨てられてるのを見つけて、それを投げて遊ぶ。すぐ飽きて、三人でベンチに座ってジュースを飲む。「青木はセブンアップでしょ」成瀬が買ってきた。

「一番どうでもいいこと言えた奴が優勝選手権」と春日。「私のお姉ちゃん、また彼氏が出来てすぐに別れた」「俺去年より身長が二センチ伸びた」「昨日お皿割った」春日優勝。

「ジャンケンしよ」春日がクソくだらないことを言ったのを少しでも面白くするため、俺と成瀬は何も言わず無表情のまま、コンマゼロの反応で素早くチョキを出した。

「見て、私、変顔が得意」

と春日は変顔を始めたので、俺はついに呆れて「お前は沈黙が怖い人かよ」と突っ込んだ。

「だって」

春日が黙ると、急に公園が静かになった。

「沈黙は怖いよ」

春日の目が、どんどん澄んでいくように見えて、ハッとした。

「沈黙は、本当のことを連れてくるから」

そうかもしれない、俺たちはみんな、怖いのかもしれない。

だけど今は、誰にも心を開かない方が、ずっと怖いと俺は知っている。他人を誤魔化してるうちに、いつしか自分の心まで誤魔化してしまうことを、わかってる。そうしてるうち、自分が何を感じてるのかさえわからなくなり、何も感じられなくなっていくのは、嫌だと思った。

「青木は」

それまで黙っていた成瀬が、口を開いた。

「どっちが好きなの」

「俺は」

本当の意味で何かを正直に話すのは、すごく難しい。

気を抜くとすぐに、わかりやすい言葉を使いたくなる。

人に好意を伝えるときすらそうで、便利な告白の言葉は世の中に溢れてて、でもそうじゃない言葉を探すのは、やっぱり難しい。

「成瀬のことが好きだよ」

どうすれば、ちゃんと伝わるんだろう。

「すごく正直で、怖がりながらも自分をさらけ出せて、人のことをちゃんといたわり気遣い考えられる成瀬が好きだよ」

でも。

「だけど、俺は春日がすごく好きだよ。

ヘタレでよく泣いて、くよくよしてて、何も考えないで突っ走ってるようで、ずっと悩んでる春日が好きだよ。

一緒に悩んで、いつか綺麗事だけじゃ済まなくなる日が来ても、同じ悩みを悩めるのは、春日だと思うから。

春日と、ずっと、悩んでいたい」

「……そっか」

成瀬が、長く深いため息をつきながら、両手で顔を覆った。

俺は心配になって、彼女の顔を覗き込んだ。

「私、悲しくて泣いちゃうかと思ってたけど」

成瀬は笑ってた。

「意外に平気だった」

すくっと成瀬は立ち上がって、清々《すがすが》しい声で言った。

「でも、今まで全部、すごく濃い時間だった。私、忘れないと思う」

そのまま成瀬は、一人で、公園の外に歩き出した。

「成瀬さん」

春日が、成瀬の背中に声をかけた。

「来週、一緒に服買いに行こうよ」

成瀬は立ち止まって、しばらく考えて、

「いいよ」

と言った。

「またね」

成瀬は一人で、歩いていった。

しん、と静まり返った公園で、春日と二人でいた。

俺たちはしばらく無言で、夜空を見ていた。

「もう少しこっち来たら？」

と春日が言うので、俺はそうした。

「どうして私、青木と付き合うことになってるんだろう。不思議」

途方に暮れたように春日が言うので、俺は少しびっくりした。

「変なの」

「俺は」

春日の手を取って、目の前に持ってくる。

「春日と最初に話したときから、変わり始めたんだと思うよ」

少し手首を傾けて押すと、春日もそれに合わせて力を抜いた。

「春日と一緒にいて、変わっていく自分を、俺は好きになれそう」

春日は、手を引っ張って、

「変わっていくのは怖いけど」

それで、体が重なる。

「それでも、変わっていく青木が私は好きかも」

二人で見つめ合う。

「ずっと一緒にいられるかな」

「努力次第」

「そうだね」

そして二人で、同時にため息をついた。

「ね、私と何したい？　私はナイトプール、行きたかった」

「すげーバカな夢。なんで？」

「試しにリア充っぽいことしてみたいかな」

「遊園地でメリーゴーランドに乗るとか？」

「頭がキーンとするまでかき氷食べる」

「俺たちのリア充のイメージ、微妙だな」

「しょうがないよ。ずっと微妙だったんだから」

「これから充実させりゃいいよ」

「うん」

春日の顔がすぐ近くにあって、じっと俺を見ていた。

「これから楽しいこと一杯あるよ」

そうだといいな、と思った。


それから数ヶ月して、少し怪我をした翌朝、クローゼットを開けると、緑のドクロのセーターが目についた。

あの例の、コウちゃんのセーターだ。

着ていくことにした。

ノリが悪くても空気が読めなくても人とうまく話せなくても、無理して言いたくないこと言ったり、やりたくないことやったりしなくていいから、ただ正直に生きていこうと思った。

なんでこんな当たり前のことが、今までわからなかったんだろう。春日の言う通りだ。

玄関先でスニーカーを履いてたら、俺の姿を見た姉が声をかけてきた。

「そのセーター、懐かしい。でも、どうしたの？」

「別に。人にどう思われるかは大事だけど、それを内面化するのはやめただけだよ」

「えーと、高二病、卒業したってこと？」

こんなに大変なこと、きついこと、心細くて泣いてしまいそうになること、中二とか高二とか、そんな簡単な言葉で片付けられたくないと思った。

「まあそれでもいいよ」

俺は靴を履いて家の外に出た。


これは、俺がほどほどに生きる物語じゃない。

まして、俺が何かの変な力で、わかりやすくヒーローになるような、そんなサクセスストーリーなんかじゃない。

そうじゃなくて、これは、もっとリアルで切実で、そしてすごく普通の話なんだと思う。

これは、俺が自分を取り戻す物語。

そして、ほどほどじゃない特別が何なのかを、知るまでの物語だ。

校門の前で春日とばったり会って、びっくりした。

「青木の今日の服、かっこいいじゃん」

「春日の服のセンス、終わってるよ」

二人で笑って、それから、教室に向かった。

「っていうか青木、その松葉杖《まつばづえ》どうしたの」

「そのへんで転んで骨折ってさ」

「嘘にもほどがあるよね」

ドアの前で、一つ深呼吸する。

足がすくみそうになる。

春日が俺の尻を、バシンと叩いた。強すぎるぞ、と思ったけど、今、そんなことはどうでもいい。

「大丈夫。私がついてる」

春日が言い、「頼りになるよ」と俺は笑った。

「ところで青木、xvideosってなに？」

「ああ。知らないで言ってたのか、春日」

俺は言葉を選んだ。

「YouTube みたいなもんだよ」

「そんなとこに動画ばら撒こうとしてたの？　マジ卑劣すぎじゃん」

「そうな」

正直言うと、今でもたまに、ポイントが見えるときがある。

ずっと見てると、元の自分に戻りそうな気がしてくる。

つい、ずるい自分が顔を出す。ポイントを見て。すぐ損得勘定に、心まで支配されそうになる。

それが俺は怖い。

そういうとき、目を閉じていつも深呼吸する。

それから、姉とか、コウちゃんとか、成瀬とか、春日とか……親とか、そういう色んな顔を、順番に思い浮かべる。

するとだんだん、ポイントなんて、心の底からどうでもいいことのように思えてくるから不思議だ。

そんな顔のおかげで、俺はまだ、マトモでいられてる。

目を開ける。

人間には、目に見えないポイントがある。
そのポイントに、俺たちはいつも、左右されそうになる。
ポイントは大事かもしれない。
この世界で、生き残るためには。
それでも、俺はポイントにならないことを大事にして、生きていきたい。
今、本当にそう思ってる。
振り向けばすぐ絶望と冷笑が、俺たちを取り込もうと待ち構えている。
でも俺は、そんな絶望に、今しかない俺たちの時間を、奪わせてなんてやらない。
俺は綺麗事を信じてる。
きっと、なんとかなるだろう。そう無責任に、数瞬後の未来の自分に丸投げして、
何も考えないで、目の前の一歩に集中する。
そして俺は、嫌なこともいいこともある教室に入っていった。

あとがき

僕が最初に自分のポイントについて意識したのは、大学四年生頃のことでした。就職活動中、色々ネットを見ていたら、就職偏差値という言葉に行き当たった。世の中にあるたくさんの会社が、待遇や規模など様々な尺度から総合的にポイントをつけられて、ランクづけされているページがあった。ポイントが高いほど入社するのが難しい。就職難易度ランキング。それは、まるで大学受験の偏差値に似ていました。

でもそれだけじゃなくて、受験にも大学の偏差値と自分の偏差値の二つがあるように、面接を受ける学生側にも、とても細かくポイントがつけられている。在籍中の大学の偏差値を一つの目安としつつ、ＴＯＥＩＣの点数とか、体育会系かどうか、サークルやボランティアでの実績、難関資格の有無、出身学部がビジネスに関連しているか、といった要素によって、ポイントは変動する。

そんなネットの書き込みを見ていると、僕はだんだん、就活では、自分のポイントと釣り合う会社を受けることがいいのではないか、という考えを抱くようになっていきました。高望みをして受かる見込みのない会社ばかり受けていると、無駄に時間を浪費してしまい、いわゆる「無い内定」すなわち無職へと突き進んでしまう。

さて、当時の僕はといえば、中途半端な偏差値の私立大学、それも文学部に通う、ノースキルの学生でした。自分のポイントを冷静に査定して、その結果に愕然とした。自分って全然大したことのない奴だったんだな、と思った。それまでそんなこと、一度も思ったことがなかった。

自分のポイントの低さに、こんなはずじゃなかった、と嫌な気持ちになりました。

結局、なるべく待遇が良くて、残業が少なくて、小説を書く時間を少しでも確保出来そうな会社を探すことにした。小説家の人の過去のインタビューを読み漁ると、そういう人は多かった。仕事内容とかは、どうでもよかった。僕はそうやって、自分のポイントに釣り合う会社を探し、面接を受け続け、就職して社会人になりました。

そのときの僕は、そうしたポイントを内面化していたのだと思います。

まるでこの小説の青木くんみたいです。

一方で僕の周囲はというと、実際就職出来なくてフリーターになった奴もいれば、漫画家になったり、明らかにポイントの高い企業に就職を決めたり、ポイントのことなんか全然気にしないでそれが低くても自分の行きたい企業にあえて就職したり、フリーランスで働き始めたり、突然留学したり、大学院に進んで研究者を目指したり、色々でした。みんな、やりたいようにやっていた。

僕が普通に就職を決めたと聞いて、大抵の人は何故か、興ざめしたような、退屈そうなリアクションをしていました。

僕は、自分がひどくつまらない奴になった気がした。

会社で働きながら、そのうち小説も書かなくなり、僕は自分に日々言い聞かせるようになりました。

別に最高ってわけじゃない、夢は叶わなかったけど、そこそこ悪くない人生だよ。受け入れよう。それが、大人になるってことだよ。わかれよ。

でも、人生のちょっとした瞬間で、何かを選択しようとするとき。結婚しようか、それとも別れようか。もっとくだらない選択、例えば、高い買い物をしようか、どうしようか、迷ったとき。心の中で十代のときの自分が、いつも僕にキレてきました。

お前はまだ、何一つ成し遂げていないじゃないか。

お前の人生、ゼロじゃないか。

台所の床に座り込み、呆然とした。

認める。僕の人生は本当にゼロだ、と思った。

僕は自分なりにポイントを積み上げて生きてきたつもりでした。でも、そのポイントは、世間にとっては価値のあるものでも、僕にとっては何の価値もないものだった。本当にどん底の気分の中で、そう気づいたとき、僕の中でポイントが、一気に無意味なものになった。そして、自分にとって大切なことだけが残った。

パソコンの前に座って、ただ黙って、小説を書き始めた。


謝辞です。イラストをご担当くださったloundraw《ラウンドロー》様。これはいつもそうなのですが、イラストを見て、自分の作品に自信と誇りを持つことが出来ました。担当編集者の湯澤《ゆざわ》様、遠藤《えんどう》様。書けなくてすみません。

この本を出すにあたって尽力してくださったすべての方。ありがとうございます。

そういえば最近、東京近郊に引っ越しました。久しぶりの一人暮らしですが、とくに誰と会うこともなく、家でずっと引きこもっています。最近、ちょっといい机と椅子を買いました。まだまだ、頑張ります。

佐野《さの》徹夜《てつや》

本書は書き下ろしです。

メディアワークス文庫

アオハル・ポイント

佐《さ》野《の》徹《てつ》夜《や》

2018年10月25日　初版発行

発行者　郡司 聡
発行　株式会社KADOKAWA
〒102 - 8177　東京都千代田区富士見2 - 13 - 3
0570 - 06 - 4008（ナビダイヤル）
装丁者　渡辺宏一（有限会社ニイナナニイゴオ）
印刷　旭印刷株式会社
製本　旭印刷株式会社

Printed in Japan
ISBN978-4-04-912037-0 C0193

メディアワークス文庫　http://mwbunko.com/

本書に対するご意見、ご感想をお寄せください。

あて先
〒102-8584　東京都千代田区富士見1-8-19
メディアワークス文庫編集部
「佐野徹夜先生」係